KB183456

프랭클린 글쓰기 비법

300년간 미국을 이끈 위대한 작가의 글쓰기 수업

프랭클린 글쓰기 비법

인쇄일 2024년 12월 11일
발행일 2024년 12월 18일

지은이 송숙희
펴낸이 유경민 노종한
책임편집 권혜지
기획편집 유노북스 이현정 조혜진 권혜지 정현석 **유노책주** 김세민 이지윤 **유노라이프** 권순범 구혜진
기획마케팅 1팀 우현권 이상운 **2팀** 이선영 김승혜 최예은 전예원
디자인 남다희 홍진기 허정수
기획관리 차은영
펴낸곳 유노콘텐츠그룹 주식회사
법인등록번호 110111-8138128
주소 서울시 마포구 월드컵로20길 5, 4층
전화 02-323-7763 **팩스** 02-323-7764 **이메일** info@uknowbooks.com

ISBN 979-11-7183-073-2 (03800)

• — 책값은 책 뒤표지에 있습니다.
• — 잘못된 책은 구입한 곳에서 환불 또는 교환하실 수 있습니다.
• — 유노북스, 유노라이프, 유노책주는 유노콘텐츠그룹의 출판 브랜드입니다.

300년간 미국을 이끈 위대한 작가의 글쓰기 수업

프랭클린 글쓰기 비법

송숙희 지음

유노북스

태어나서 한 가지만 배우라면 그것은 글쓰기다

"글을 잘 쓰는 것이 어떤 성공에서든 필수적이다.
좋은 글은 다른 사람들을 자신의 의견으로 설득하는 데
결정적인 기여를 한다."
-벤저민 프랭클린-

유튜브와 인스타그램이 영상과 이미지로 네이버를 따돌립니다. 틱톡, 쇼츠, 릴스 류의 숏폼이 유튜브와 인스타그램을 따라잡습니다. 앞으로도 얼마든지, 자주, 걸핏하면 새로운 기술이, 새로운 채널이, 새로운 형식이 영향력의 원천으로 떠오를 겁니다. 여기에 생성형 AI까지 가세했으니 어떤 것을 예상하든 상상하지 못한 결과일 겁니다.

그런데 당신은 지금 글로 쓰인 이 책을 읽습니다. 그것도 '글쓰기' 때문에요. 글을 잘 쓰고 싶어 굳이 글로 쓰인 책을 읽습니다. 영상도 아니고 이미지도 아니고 숏폼조차 아닌데도요. 심지어 글쓰기, AI가 다 해 준다는데도 말입니다.

"왜 영상과 이미지가 지배하는 시대에 글쓰기 능력이 더욱 요구될까?"

제가 '글쓰기 코칭'이라는 분야를 개척하여 20년 넘게 활동하면서 유행의 틈을 뚫고 글쓰기 기술이 역주행하는 것을 자주 봅니다. 아니, 영상, 이미지, 숏폼이 유행할수록 글쓰기 기술에 대한 중요성이 높아지는 이변을 자주 체감합니다.

무엇보다 놀라운 변화는 글쓰기를 배우는 이유가 바뀐 것입니다. 글쓰기가 두려워서 배우던 것이 이제는 글을 더 잘 쓰고 싶어서 배웁니다. 기업도 개인도 글쓰기 수업을 청하는 이가 갈수록 늘어납니다. 이럴수록 저에게는 궁금증이 생깁니다.

"글쓰기를 배우는 사람은 점점 많아지는데, 왜 글쓰기 실력은 점점 후퇴할까?"

임직원들의 글쓰기 교육을 요청하는 기업이나 기관들에서는 직원들 글쓰기 능력 부진이 낳은 생산성 부진과 성과 미흡에 골머리를 앓습니다. 개인들은 SNS에 쏟아 낸 텍스트 더미가 취업이나 승진에 결격 사유로 작용하여 혼비백산합니다. 그래서 글쓰기 강의를 자주 듣고 글쓰기 책을 여러 권 사서 봅니다. 강연이나 워크숍에서 수강생들을 들여다보면, 글쓰기를 한 번도 배우지 않은 사람은 있어도 한 번만 배우는 사람은 없습니다. 이런 사실을 알아 갈수록 궁금증은 더욱 커집니다.

"글쓰기를 배우려고 돈과 시간과 에너지를 아끼지 않는데도 왜 글쓰기 실력은 왜 나아지지 않을까?"

저는 이에 대한 답을 예일대학교 심리학과 안우경 교수의 강의에서 찾았습니다. 교수님의 강의 '씽킹(THINKING)'은 예일대학교 학생들이 최고로 뽑는다죠? 안 교수는 같은 제목의 저서에서 이런 말을 합니다.

"어떤 내용을 자주 접해 익숙한 것을 잘 알거나 잘할 줄 안다고 착각하기 쉬운데 이것이 공부나 일을 망치는 지름길이다."

그렇습니다. 글쓰기를 배우다 보면 쓸 줄 알거나 혹은 잘 쓰는 줄 착각하기 때문입니다. 글을 잘 쓰고 싶어 글쓰기 관련 책을 사 모으고, 강연을 듣고, 1일 1글쓰기 챌린지를 하는 일련의 노력이 오히려 글쓰기를 망친 것입니다. 글쓰기를 배우다 보면 쓸 줄 아는 듯 착각하기 때문에 글을 잘 쓰기에 요구되는 것들에 직접적인 노력을 하지 않는 것입니다.

이런 증상을 심리학에서는 '유창성 착각'이라 합니다. 글쓰기를 배움으로써 유창성 착각을 일으킬 게 아니라 글을 잘 쓰는 데 반드시 필요한 '쓰기 유창성'을 획득해야 합니다. 쓰기 유창성을 키우려면 의도된 연습을 해야 합니다.

이 책에서는 글쓰기가 유창해지는 연습을 하라고 권합니다. 쓰기 유창성을 획득하는 방법은 참 쉽습니다. 잘 쓰인 글을 따라 하면 됩니다. 하지만 필사는 아닙니다. 쓰기 유창성은 잘 쓰인 글, 즉 멘토 글을 따라 하고 넘어서기를 통해 길러집니다.

멘토 글 따라 하기는 교재도 강사도 따로 필요하지 않습니다. 마음만 먹으면 얼마든지 혼자서 가능합니다. 벤저민 프랭클린은 12살에 쓰기 유창성을 획득하는 연습을 했습니다. 학교라고는 2년밖에 다니지 못한, 권력도 지위도 학벌도 없는 가난한 집 아들이라는 환경을 딛고 미국을 세운 건국의 아버지로 우뚝 선 프랭클린의 비결은 10대 중반에 획득한 글쓰기 능력에 있습니다.

썩거나 사라지지 않는 것은 존재한 시간만큼 앞으로도 존재한다는 '린디 효과' 이론이 있습니다. 유튜브와 인스타그램은 겨우 10년. AI 글쓰기는 이제 막 시작인 데 반해 글쓰기는 무려 5,000년의 역사를 자랑합니다. 린디 효과 이론에 따르면, 글쓰기 기술은 적어도 5,000년 후에도 요구될 기술입니다.

5,000년쯤 전에 서남아시아에서 시도된 첫 글쓰기. 그 용도는 경제 활동에 반드시 필요한 장부용이었다 합니다. 그야말로 돈이 되는 글쓰기였지요. 글쓰기의 이러한 쓰임새는 5,000년이 지난 지금도 그대로입니다.

영상과 이미지가 득세하는 시대지만 빠르고 명확하게 소통하려면 글쓰기 기술이 필수입니다. 팬데믹으로 인해 다들 줌 앞에 모여 있을 때 줌 회의를 간결하게 요약하여 공유하는 글쓰기 능력자가 스카우트된 것도 다 이런 이유에서죠. 영상과 이미지가 유행할수록 글쓰기 능력은 더욱 요구됩니다.

또 AI가 다 써 주겠지만 AI가 쓴 글을 평가하고 활용하려면 비판적 사고 능력이 있어야 하고, 비판적 사고 능력은 글쓰기로 길러집니다. 비판적 사고력 때문이 아니라도요. 글을 써 주는

AI는 언어 기반 생성 툴입니다. 언어 중에서도 텍스트로 정확하게 명령해야 의도한 것을 얻어 낼 수 있습니다. 이것이 당신이 한번쯤은 글쓰기를 제대로 배워 글쓰기 기술을 습득해야 하는 이유입니다.

20년 넘게 글쓰기를 지도하며 내린 결론이 있습니다. 글을 잘 쓰는 방법은 수만 가지지만 잘 읽히는 글을 쓰는 방법은 한 가지뿐이라는 것입니다. 그 한 가지란 '읽을 만한 가치가 있는 글쓰기'입니다. 이제 여러분에게 알려 주고자 하는 프랭클린 글쓰기 비법은 이 한 가지를 위한 것이며, 이 기준은 프랭클린 이후 300년 넘도록 현재 진행형입니다.

이 책은 잘 읽히는 글을 쓰는 기술을 습득하도록 돕습니다. 특정 기술을 재능으로 발휘하는 사람들의 공통된 비결인 '의식적 연습의 원리'에 입각하여 만들어진 글쓰기 연습 실천 프로그램입니다. 프랭클린이 목표하고 의도한, '읽을 만한 가치가 있는' 글쓰기 능력을 개발하는 방법을 집중 소개합니다.

이 책은 18세기에 벤저민 프랭클린이 독학한 글쓰기 연습법을 정밀하게 분석하여 여러분 스스로 활용할 수 있도록 21세기 버전의 글쓰기 연습 전략, 기술, 비법으로 매뉴얼화했습니다. 300년간 내려온 프랭클린 글쓰기 연습법은 글을 잘 쓰는 사람이 갖춘 사고력, 표현력, 설득력을 누구나 습득하도록 돕습니다.

또한 프랭클린이 혼자 배우고, 연습하고, 습득한 글쓰기 연습법, 잘 쓰인 글을 따라 하고 넘어서는 3단계를 소개합니다. 글을 주의 깊게 읽는 방법, 아이디어를 짜임새 있게 구성하는 방법, 설득력 있게 표현하는 방법, 문장 쓰기 기술, 나아가 한 편의 글로 완성하기까지 글을 잘 쓰는 데 필요한 모든 연습 방법을 포함합니다.

그러므로 이 책이 안내하는 대로 연습한다면 읽을 만한 글을 쓰는 기술을 습득할 수 있습니다. 생각을 글로 명확하게 표현하는 능력을 기릅니다. 글쓰기를 통해 비판적으로 사고하는 능력을 키웁니다. 마침내 글쓰기 능력을 키워 일과 삶을 원하는 방향으로 새로 고침하는 프랭클린의 기적을 경험하게 될 것입니다.

하지만 이 책이, 필사할 만한 글들을 모아 놓은 카피 북은 아닙니다. 이 책은 최고의 글쓰기 방법을 따라 하고, 넘어서는 연습을 통해 유창하게 글 쓰는 기술을 습득하도록 돕습니다. 이 책은 또한 글쓰기 연습법을 다루지만, 프랭클린에게서 전수된 자기계발의 원조 레시피를 전하기도 합니다. 저자인 제가 의도해서가 아니라 프랭클린 글쓰기 연습법 자체가 성공하는 사람들의 원리, 습관 등 불변의 법칙을 포함하기 때문입니다.

프랭클린은 10대 중반에 이미 작가로서 재능을 인정받아 이후 글쓰기 기술로 큰돈을 법니다. 42세에 돈벌이에서 은퇴하고 공공의 이익을 위해 헌신한 원조 파이어족이기도 합니다.

식민지 미국을 세계 최강의 국가로 새로 고침한 건국의 아버지 프랭클린. 그는 자신의 인생도 새로 고침을 합니다.

"프랭클린이 발명한 것 중에서 가장 흥미롭고 끊임없이 재창조된 것은 바로 그 자신이다."

프랭클린의 전기를 쓴 월터 아이작슨의 말입니다. 이러한 기적의 원천은 자타가 공인하는 대로 프랭클린의 글쓰기 능력에 있습니다. 그가 새벽에도, 늦은 밤에도, 일하다가도, 예배를 빼먹으면서도 글쓰기를 연습한 덕분이죠. 프랭클린은 믿었습니다. 저명한 작가의 글을 모방하며 완벽한 글을 쓰려고 노력하는 사람이 그 작가만큼 탁월한 수준에 이르지는 못할지라도, 노력을 통해 글이 나아져 명쾌하고 읽기 쉬운 글을 써내게 되는 것은 사실이라고 말입니다.

제가 여러분에게 이 책을 강력히 추천하는 이유는 여기에 들이는 돈, 시간, 에너지가 전혀 부담스럽지 않아서입니다. 프랭클린처럼 글쓰기 실력을 갖추는데 돈 한 푼 들지 않고, 시간도 매일 1시간이면 되기 때문입니다. 실제로 미국 국가 글쓰기 위원회, 하버드대학교, 예일대학교는 매일 1시간만 투자하면 글을 잘 쓸 수 있게 된다고 이야기합니다. 따라서 글쓰기 책, 글쓰기 강의에 기웃대느라 시간, 에너지를 탕진하지 않고도 프랭클린처럼 당신의 글과 당신의 삶을 원하는 방향으로 새로 고침 할 수 있습니다.

벤저민 프랭클린의 글쓰기 비법에 홀려 최근 십수 년 동안 온 마음을 쏟아부은 저의 귀에 이런 말이 달려 있습니다.

"다시 세상에 태어나 딱 하나 배운다면, 나 프랭클린은 글쓰기를 또 선택할 것이다."

책을 쓰면서 **《벤저민 프랭클린 자서전》**(현대지성)의 도움을 많이 받았습니다. 감사드립니다. 책 속에 인용된 구절은 가독성을 염두해 조금씩 다듬었습니다.

읽을 만하게 쓰고
쓰일 만하게 산
이야기꾼

"미국은 글로 쓰인 나라."

미국의 대표적인 영문학자이자 〈뉴욕타임스〉 베스트셀러 작가 토마스 C. 포스터의 말이다. 그는 미국의 발전은 문학의 발전과 평행을 이뤄 왔다고 주장하며 이를 입증하는 책을 썼다. 《미국을 만든 책 25》에서 포스터는 25권의 문학책이 미국에 미친 영향력을 설명한다.

"《모비딕》, 《위대한 개츠비》와 같은, 이 책들은 정치와 법에서부터 문화와 개인의 정체성에 이르기까지 미국을 구성하는 모든 것에 영향을 미쳤다. 문학은 '미국인'이라는 의미를 창조하고 지속적으로 재형성하는 데 강력한 힘을 발휘했다."

미국이 '글로 쓰인 나라'라면, 벤저민 프랭클린은 '글쓰기로 만들어진 최초의 미국인'이다. 미국 건국에 기여한 국내외 중요한 문서들마다 프랭클린은 서명했다.

가난한 비누 공장 집 11번째 아들로 태어나 학교라고는 2년밖에 다니지 못한 프랭클린이 글쓰기로 미국을 건국하는 데 기여했다는 내러티브는 300년 넘도록 미국인을 사로잡는 아메리칸 드림의 원형이다.

벤저민 프랭클린을 상징하는 표현은 참 여러 가지다. 그의 생애를 드러내는 수식어만으로도 그의 이력서는 차고 넘친다.

• 100달러 지폐 속 미국 그 자체

1739년 무렵 미국은 위조지폐 문제로 시끄러웠다. 당시 펜실베이니아에서 인쇄 사업을 하던 프랭클린은 지폐를 인쇄하며 독특한 무늬를 만들어 넣었는데, 지폐 위조를 방지하는 기능이었다. 덕분에 프랭클린은 100달러 지폐에 담겨 기억된다.

미국인들이 지폐를 통해 기억하려는 프랭클린은 미국이 세워지기까지 생성된 네 가지 주요 문서인 독립선언문(1776), 프랑스와의 동맹 조약(1778), 영국과의 평화를 확립하는 파리 조약(1783), 미국 헌법(1787)에 전부 서명한 유일한 미국인이다. 글로써 미국을 일군 프랭클린을 후대 사람들은 '미국 건국의 아버지'라 부른다. 그가 '글로써 미국'을 만든 핵심적인 인물이기 때문이다.

• 자수성가한 건국의 아버지

조지 워싱턴, 토머스 제퍼슨, 새뮤얼 애덤스 같은 '미국 건국의 아버지'들은 부와 명성, 권력을 갖춘 명문 집안 출신이다. 학벌로도 당대 최고를 자랑한다.

반면 프랭클린은 출신이 미미하고 초등학교 2년 다닌 게 전부인 '인쇄공'이었다. 검소하고 부지런하게 스스로를 계발하고 삶을 개척한 미국형 자수성가의 원조다.

• 공공의 이익에 앞장 선 서번트 리더

프랭클린은 펜실베이니아 대학교, 병원, 도로포장, 소방서 설립 등의 공공 프로젝트를 수행했다. 프랭클린은 자신처럼 보통인 사람들을 도왔다. 그는 독서가 사람들이 스스로를 위해 생각하도록 힘을 불어넣는다고 여겼다. 그래서 도서관을 만들고 책을 돌려 읽었다.

"도서관은 아메리카 사람들의 대화를 수준 높게 만들었고, 상인과 농부들을 다른 나라의 가장 고상한 신사들과 비슷한 지성인으로 만들었다."

• 연 날리는 과학자

수영을 좋아한 프랭클린은 수영 지느러미를 발명했다. 다초점 렌즈도, 연소식 스토브도 프랭클린의 발명품이다. 후대 사람들이 그려 낸 프랭클린의 이미지에는 연과 번개가 동반 등장한다. 연을 날려 번개가 전기라는 것을 증명했기 때문이다.

또한 프랭클린은 낙뢰 피해를 막기 위해 피뢰침을 발명해서 폭풍우가 쳐도 도서관과 책들은 무사했다. 이후 유럽과 아메리카 전역에 보급된 피뢰침 덕분에 수많은 건물을 여태 우리가 볼 수 있게 됐다. 베네치아의 산마르코 대성당의 종탑은 1388년부터 1761년 사이에 여덟 번이나 벼락을 맞아 부서졌지만, 피뢰침을 달고 난 이후에는 안전했다.

프랭클린은 특허를 내지 않고 발명품을 공유했다. 프랭클린은 1753년 《가난한 리처드의 연감》을 발행하며 피뢰침 세우는 방법을 공개하기도 했다. 이를 통해 프랭클린은 영국 왕립 협회로부터 황금 코플리 메달을 받기도 했다. 그해에 가장 훌륭한 업적을 남긴 과학자 한 명에게 주는 상이다. 이를 계기로 프랭클린은 하버드와 예일, 옥스퍼드대학교 등에서 명예박사 학위를 받았다.

• 뼛속 깊이 저널리스트

프랭클린은 10대에 신문에 글을 실었다. 20년 가까이 〈펜실베이니아 가제트〉라는 신문을 발행했다. 또한 25년 동안 《가난한 리처드의 연감》을 발행했다.

프랭클린은 미국에서 최초로 글꼴을 만들었는데, 신문 헤드라인에 가장 많이 사용되는 산세리프 글꼴이 바로 그것이다. 이 글꼴은 '프랭클린 고딕'이라고도 불린다. 그의 생애를 꿰뚫는 커리어는 저널리스트다.

• 베스트셀러 작가

〈포브스〉는 벤저민 프랭클린을 미국 역사상 부유한 100명에 포함했다. 그는 글쓰기와 퍼블리싱으로 부를 일궜다.

• 인쇄 사업가

프랭클린은 평생 어느 상황에서든 누구에게든 자신을 '필라델피아의 인쇄인'으로 소개했다.

미국을 만든 25권의 책을 선정하며 토마스 C. 포스터 교수는 두 가지 기준을 정했다.

① 미국이 탄생한 이후에 출간된 책일 것.

② 세속적인 책일 것.

'미국이 독립한 후 많은 사람이 읽어 준 잘 팔린 책'이라는 의미다. 책은 누군가 읽어 줄 때 영향을 발휘하므로 포스터 교수는 이 기준을 반영하여 '미국을 만든 책'을 선별했는데, 자기계발서, 역사서, 회고록, 자서전 등은 제외했다. 개인적인 메시지가 너무 강해서라는 게 이유다.

그런데 《모비딕》, 《월든》, 《허클베리 핀의 모험》, 《위대한 개츠비》 등 쟁쟁한 문학책을 제치고 첫 번째로 소개된 책이 《프랭클린 자서전》이다. 미국이 탄생한 이후 출간된 세계적으로 유명한 문학서가 얼마나 많은데, 개인적인 메시지가 차고 넘치는 회고록인 《프랭클린 자서전》을 1등으로 세운 이유가 흥미롭다.

'약간 허구가 가미된.'

포스터 교수는 프랭클린의 자서전이 '엄정한 사실 기록에 그치지 않는 문학적 향훈이 강한 작품이기에' 문학의 영역에서 논의되기에 충분하다고 설명한다. 또한 《프랭클린 자서전》이 미국의 13개 주를 하나로 통합하는 사상적 모태라고 보기에 미국을 만든 책 중의 한 권이라고 여긴다.

프랭클린은 자서전을 쓴 적 없다. 우리가 책으로 읽는 자서전은 프랭클린이 아들 윌리엄에게 남긴 회고록을 엮은 것이다. 프랭클린은 두 차례 걸쳐 회고록을 썼다. 젊은 날에 쓴, 1757년까지 그의 일생을 다룬 내용은 1791년에 《벤저민 프랭클린의 개인적인 삶에 대한 회고》라는 제목으로 프랑스어로 출간됐다.

이후 법률가이자 역사학자였던 존 비글로가 프랭클린이 직접 쓴 필사본을 프랑스에서 입수하여 프랭클린이 쓴 내용 전체가 포함된 회고록을 출간했다. 지금과 같은 완성본 《벤저민 프랭클린 자서전》은 1868년에 출간됐다.

프랭클린 자서전과 그 내용은 미국 교과서에 단골로 등장한다. 사회학자 E. 디그비 발트젤은 프랭클린 자서전을 "전형적인 중산층이 쓴 최초이자, 최고의 경력 관리 지침서"라고 말했다.

데일 카네기는 프랭클린 자서전을 연구하여 《인간관계론》을 썼다. 스티븐 코비는 《성공하는 사람들의 7가지 습관》 쓸 때 프랭클린이 주목한 13가지 미덕을 참조했다. 스티븐 코비는 13가지 미덕을 기본으로 한 《프랭클린 플래너》를 디자인했는데, 이는 프랭클린의 시간 관리 기술을 콘텐츠로 활용해 사업화한 것이다. 이처럼 프랭클린은 미국의 콘텐츠 그 자체다.

가난한 인쇄공이 미국 여론을 움직인 힘

12살 프랭클린은 학교에 가지 않았다. 인쇄소에서 일했다. 그러면서 18세기 초, 당시로서는 최고의 지식인에게나 허용된 인쇄 출판이 가져다주는 기회에 반했다. 지식을 가진 사람이 발휘하는 글쓰기의 영향력에 눈을 떴다. 어린 마음에도 글쓰기가 아이디어를 전파하고, 자신의 능력을 알리며 다른 사람들을 계몽하는 강력한 도구라는 것을 단번에 알아차렸다. 가난하고 교육받지 못한 자신이 할 수 있는 최고의 투자는 글쓰기와 출판임을 깨달은 것이다.

이러한 인식은 글쓰기 실력을 갖춘 지식인이 되려는 욕구, 지식인으로 성공하려는 열망, 공적인 영향력을 미치고 싶은 꿈으로 이어졌다. 그럼에도 인쇄소 견습공인 10대 초반의 그가 당장 할 수 있는 것은 별로 없었다. 학교를 다니지 않아 배울 수 없었고, 사교육이나 개인 지도는 언감생심. 그에게 공부는 어렵사리 책을 구해 읽는 것이 전부였다. 인쇄소에서 일을 배우며 글과 친해졌고, 친구와 편지를 주고받으며 글쓰기 욕심이 생겼다. 프랭클린은 글쓰기 공부를 혼자 하기로 마음먹었다.

12살 프랭클린은 글쓰기 연습에 돌입했다. 뜻밖에도 글쓰기 연습은 글쓰기 실력뿐 아니라 글쓰기에 당연히 요구되는 비판적 사고 능력, 의사소통 능력, 설득력 세 가지를 키웠다. 이 과정에서 프랭클린은 자기 인식과 성찰 능력이 커졌고 덩달아 평생 학습의 스위치를 켰다. 글쓰기 연습은 17살까지 계속됐다.

바로 내 눈앞에서 세상이 격변한다. 속도가 빨리지는 것보다 전에 없던 판이 생겨나 세상을 휙휙 바꿔 놓는다. 이런 세상에서 우리에게 가장 필요한 기술이 뭘까? 옥스퍼드대학교 마틴스쿨 칼 베네딕트 프레이 교수와 마이클 오스본 공학과 교수는 논문 〈AI 및 자동화로 직업들의 변화〉에서 미래를 내다보고 계속 배우는 전략적 학습 능력이라고 한다. 프랭클린의 학습 전략은 글쓰기 기술을 배워 영향력을 행사하는 것이었다.

'읽을 만한 가치가 있는 글을 쓰거나
글쓸 만한 가치가 있는 일을 하거나.'

프랭클린의 전략은 이 두 줄이 전부다. 이 전략이 주효하여 프랭클린은 스스로 업데이트 가능한 '첫 미국인'이 됐다. 미국인에게 '미국인'은 셀프 업데이트가 가능한 사람이다.

23살 프랭클린은 지역 신문 〈펜실베이니아 가제트〉를 인수하여 발행인이 됐다. 〈펜실베이니아 가제트〉 신문은 학교를 2년간 다닌 게 전부인 비누 제조업자의 아들이던 벤저민 프랭클린의 삶에 결정적인 영향을 미친다. 〈펜실베이니아 가제트〉 신문이 미국 식민지에서 여론에 영향을 미치는 언론 매체로 자리 잡으면서 프랭클린의 글은 여론을 움직인다.

"우리의 첫 신문은 예전의 신문들과는 많이 달랐다. 활자 형태 자체도 눈에 띄었고, 인쇄 상태도 깨끗했다. 하지만 본격적으로 인기를 끌기 시작한 것은 당시 버넷 지사와 매사추세츠 의회 사이에서 벌어진 논쟁에 대한 의견을 함께 게재하기 시작하면서부터였다. 나의 용기 있는 발언이 유명 인사들 사이에서 화제가 되면서 신문과 그 발행인에 대한 이야기가 널리 퍼졌고, 몇 주가 지나자 많은 사람이 우리 신문을 구독했다."

유명 인사들이 구독하자 일반인들도 〈펜실베이니아 가제트〉

신문을 구독하기 시작했다. 지금이나 그때나 유명 인사들이 미치는 영향력은 지대하다. 신문 발행 부수가 계속 늘어났다. 글쓰기에 포커싱한 전략적 학습 덕분에 프랭클린의 성공도 가속화됐다. 지금으로 치면 프랭클린은 페이스북이나 트위터 같은 콘텐츠 플랫폼 소유주이며, 동시에 그곳에서 활약하는 구독자를 수없이 많이 거느린 인플루언서다.

글쓰기로 성공한 세계적인 베스트셀러 작가

미국의 전기 작가 루스 애슈비는 어린이 독자를 대상으로 벤저민 프랭클린 전기를 출간하며 이런 제목을 붙였다. 《모든 책을 다 읽어 버린 소년》. 누구라도 프랭클린의 자서전을 읽으면 책, 글, 읽기, 쓰기 단어를 가장 많이 발견할 수 있다. 프랭클린의 생애는 누가 봐도 읽기와 쓰기로 요약된다.

프랭클린 자서전에는 그가 12살에 글쓰기에 입문하여 17세까지 홀로 글쓰기 기술을 연마한 내용이 한 챕터에 걸쳐 소개된다. 프랭클린이 책이라면 이 내용은 책의 핵심 챕터다.

프랭클린은 10대에 이미 베스트셀러 작가였다. 이때 그는 지역 신문에 잘 읽히는 글을 연재했고, 〈펜실베이니아 가제트〉라는 지역 신문을 발행하여 제법 수익을 냈다. 그리고 달력에 정보를 곁들인 《가난한 리처드의 연감》을 발행하여 해마다 큰돈을 벌었다.

연감은 '가난한 리처드'라는 이름의 배우기를 좋아하는 한 사람이 쓴 것으로 설정됐다. 리처드는 해마다 새로 발간되는 연감에 서문을 썼다. 서문에는 독자와 공유하고 싶은 다양한 이야기와 유용한 정보들을 담았다. 에릭 와이너는 그의 책에서 이렇게 평을 남겼다.

"《가난한 리처드의 연감》에는 음력, 일식, 행성, 천체의 운행과 위치, 날씨, 해와 달이 뜨는 시각과 지는 시각, 만조 등이 나와 있습니다. 그리고 유쾌하고 재미있는 이야기, 유머, 격언, 작가들의 집필 동기 등이 많이 쓰여 있습니다. 배우기를 좋아하는 사람 리처드 손더스 지음. B. 프랭클린 발행 및 판매. 값 3실링, 한 다스에 6펜스."

《가난한 리처드의 연감》은 25년 동안 해마다 1만 부가 팔렸다. 당시 필라델피아는 미국 식민지 가운데 가장 큰 도시로 인구 1만 5,000여 명이었다. 연감이 해마다 1만 부가 팔렸다는 것은 주민 60퍼센트가 달력을 샀다는 것인데, 만일 서울 인구를

1,000만 명으로 가정하면 600만 명이 연감을 샀다는 계산이 나온다. 연감은 필라델피아 시민뿐 아니라 전 식민지의 인쇄업자와 책 판매상들이 한꺼번에 200부에서 300부씩 사 갔다.

이 책은 식민지 미국에서 가장 잘 팔려 나가는 책이었다. 오랜 기간 《가난한 리처드의 연감》은 프랭클린에게 황금알을 낳아 주는 거위였다. 이 서문 가운데 돈과 덕목에 관련된 내용을 따로 솎아 책자로 발행했다. 《부자가 되는 길》이라는 제목으로 출간된 이 책은 영어, 불어, 독일어 등 일곱 개 언어로 번역되어 미국과 유럽에서 읽혔다. 프랭클린이 10대에 불을 지핀 글쓰기의 불꽃은 맹렬한 기세로 타올랐다.

이런 성공은 글쓰기 기술이 가져다준 선물이다. 그는 글쓰기 기술로 자신에게 기회를 선물했다. 글쓰기 연습 좀 했을 뿐인데 부도, 명성도, 권력도 찾아왔다. 프랭클린은 자신의 성공에 대해 이렇게 말했다.

"이 모든 것이 오랫동안 글쓰기 기술을 연마한 덕분이다."

차례

2장

어떻게 쓰는가?

· 글쓰기 연습 ·

3장

무엇을 쓰는가?

· 글쓰기 감각 ·

4장

왜 쓰는가?

· 글쓰기 태도 ·

1장

누구를 위해 쓰는가?

글쓰기 원칙

"나의 용기 있는 발언이 유명 인사들 사이에서 화제가 되면서 신문과 그 발행인에 대한 이야기가 널리 퍼졌고, 몇 주가 지나자 많은 사람이 우리 신문을 구독했다. 이 모든 것이 오랫동안 글쓰기 기술을 연마한 덕분이다."

-벤저민 프랭클린-

글쓰기에 필요한 두 가지, 자기 자신과 시간

‘미국 지폐에 등장하는 위인 가운데 대통령이 아닌 사람은?’

‘하버드 신입생 필독서 50권 중 첫 번째 책을 쓴 이는?’

‘워런 버핏의 스승, 벤저민 그레이엄이 가장 존경하는 사람은?’

세 질문에 대한 답은 모두 벤저민 프랭클린이다. 이 책은 무학의 인쇄공, 벤저민 프랭클린이 아메리칸 드림의 원조, 자기계발의 원형으로 추앙받는 비결을 추적하여 정리했다. 프랭클린은 그 비결을 직접 말했다.

“읽을 만한 글을 쓰거나 글쓸 만한 일을 하라.”

프랭클린의 비결은 '읽을 만한 글을 쓰는 능력'이다. 읽을 만한 글이란 독자 입장에서 읽고 싶고, 읽기 쉬운 글이다. 프랭클린은 난호하게 선언한다.

"글을 잘 쓰는 것이 어떤 성공에서든 필수적이며, 좋은 글은 다른 사람들을 자신의 의견으로 설득하는 데 결정적인 기여를 한다."

프랭클린은 10대 때 5년이란 시간을 글쓰기 기술을 닦는 데 헌신했고, 글쓰기를 독학하며 연습했다. '프랭클린 글쓰기 비법'의 핵심은 '모방'이다. 단순히 베끼는 것이 아니다. 최고의 글을 따라 하고 넘어서는 것이다. 나는 프랭클린이 글쓰기를 연습한 이 방법을 '프랭클린 따라 쓰기 연습법'이라 한다. 프랭클린이 독학한 '따라 쓰기 연습'이자, '프랭클린을 따라 하는 글쓰기 연습법'이라는 의미를 담았다.

프랭클린은 자서전에 자신이 했던 글쓰기 연습법을 자세히 소개했다. 프랭클린 따라 쓰기 연습법은 그 방법 그대로 지금까지도 베스트셀러 작가, 카피라이터, 기자 등 소위 글로 벌어먹고 사람들이 글쓰기 기술을 닦기 위해 반드시 거치는 과정이다.

프랭클린이 시도한 '최고'를 모방하는 글쓰기 연습법은 따라 하기 쉽다. 선생도 학교도 필요 없다. 수업료 한 푼도 들지 않는다. 프랭클린이 그랬듯이 혼자 하는 연습에 최적이다. 이 간단한 방법으로 프랭클린은 읽을 만한 글을 쓰는 능력을 개발했다. 이 쉬운 방법이 학교라고는 2년 다닌 게 전부인 인쇄공 출신의 프랭클린에게 부와 명예 그리고 지위를 안겨 줬다.

프랭클린 글쓰기 연습법의 핵심은 '얼마나 연습했느냐'가 아니다. '얼마나 올바른 방법으로 연습했느냐'다. 의도에 맞게 의식적으로 연습하여 의미 있는 결과를 만드는 것을 말한다. 프랭클린이 행한 올바른 방법은 '최고를 분석하고, 모방하고, 넘어서기'였다. 1718년 무렵 프랭클린이 고안하여 시도된 이 글쓰기 연습법은 300년 쯤 후 더없이 바람직한 방법이었음이 계속해서 입증된다.

글쓰기 코치로서 그동안 나는 같은 질문을 수만 번 받았다.

'어떻게 하면 글을 잘 쓸 수 있을까요?'

글을 잘 쓸 수 있는 딱 하나의 방법이 있을 리 없지만, 나는 수만 번 같은 답변을 했다.

"프랭클린처럼 따라 쓰기 하세요."

나는 벤저민 프랭클린의 글쓰기 연습 방법을 정리하여 책으로, 강연으로, 셀프 티칭 프로그램으로 보급했다. 이 프로그램의 첫 수혜자는 바로 나 자신이다. 중학교 2학년 때 나는 15살 여린 감성을 자극하는 시를 따라 쓰고, 따라 쓴 시를 나의 언어로 바꿔 쓰며 혼자서 시 쓰기를 배웠다. 이후 글쓰기로 커리어를 쌓는 동안 따라 쓰기 한 잘 쓰인 글은 나의 유일한 글쓰기 선생님이었다.

프랭클린처럼 따라 쓰는 글쓰기 연습법이 얼마나 쉽고, 얼마나 효과적이며, 얼마나 가치 있는지를 몸소 경험한 나는 2013년 《최고의 글쓰기 연습법, 베껴쓰기》이란 책을 출간했다. 이 책으로 '잘 쓰인 글을 따라 쓰는 글쓰기 연습법' 붐이 일었다. 이 방법을 응용하여 보다 쉽게 책 쓰기에 도전하도록 《따라 쓰기의 기적》도 출간했다.

지금도 나는 내가 하는 모든 강연, 수업, 워크숍에서 힘줘 말한다.

"읽기 쓰기를 다 잘하고 싶다면 지금 당장 따라 쓰기 하세요."

프랭클린이 깨우친 의식적 연습의 원리는 재능급 능력이 필요한 모든 방면에서 유용하다. 의식적인 연습은 자기계발의 전형적인 레시피다.

"유용하면서도 우아하고 쉬운 수영법을 개발하고자 나만의 방식을 덧붙이기도 했다."

글에는 스타일이 있고 스타일에는 원칙이 있다

윌리엄 스트렁크 주니어는 미국 코넬대학교에서 영문학과 교수로 재직하며 영문학과 영어학을 가르쳤다. 스트렁크 교수는 46년 동안 학생들에게 글쓰기를 가르치는 일에 진심이었다. 그는 수업 때마다 학생들의 글쓰기를 주의 깊게 들여다봤는데, 학생들이 쓴 글은 하나같이 애매하고 모호하며 장황했다. 글 속에 핵심이 없는데다 문장마저 문법에 어긋나게 쓴다는 공통점을 발견했다.

스트렁크 교수는 영어를 제대로 쓸 수 있도록 방법을 분명하게 가르쳐야겠다고 마음먹었다. 반복되는 학생들의 글쓰기 실수와 잘못을 고쳐 주기 위한 목적으로 글쓰기 교재를 만들어 강의했다. 《스타일의 요소》라는 제목을 붙인 교재는 명확하고 효과적으로 글을 쓰기 위한 실용적인 지침을 제공했다.

스트렁크 교수의 글쓰기 강의는 코넬대학교 역사상 최고의 강의로 손꼽혔고, 교재로 개발된 이 책도 코넬대학교 담장을 넘어 유명해졌다. 이 책은 '미국 고등학생에게 주는 최고의 졸업 선물이자 대학 신입생들의 필독서'로 견고하게 자리 잡았다. 영어뿐만 아니라 모든 언어의 글쓰기에 통용되는 내용이기 때문에 100년 동안 1,000만 부 이상 팔리기도 했다. '영어책 가운데 가장 많이 팔린 책'이라고도 한다.

'읽고 쓰는 데 관심이 있는 모든 사람을 위한 훌륭한 트로피'라 불리는 《스타일의 요소》는 스티븐 킹, 댄 브라운 같은 유명한 작가들이 '책상에 놓아두고 보는 책'이다. 유력한 매체인 〈타임스〉는 '1923년 이래로 영어로 쓰인 최고의 그리고 가장 영향력 있는 논픽션 책 100권' 중 하나로 꼽았다. 이 책은 여태 MIT 공과대학교, 컬럼비아대학교 등 유명 대학에서 필수 교재로 쓰인다.

100년 동안 계속된 스트렁크 교수의 글쓰기 강의의 핵심은 이것이다.

'힘 있는 글은 간결하다. 문장에는 불필요한 단어가 없어야 하고 단락에는 쓸데없는 문장이 없어야 한다. 모든 단어가 군더더

기 없이 제 목소리를 내야 한다.'

스트렁크 교수가 강의하고 책으로 펴낸 내용은 '글쓰기의 요소들'이 아니다. '스타일의 요소들'이다. 스트렁크 교수는 스타일은 문체, 문장 양식, 문장의 분위기, 글맛, 표기법, 표기 관례 등을 지칭하는 데 두루 사용될 수 있는 개념이라고 설명한다. 《스타일의 요소》 초판에서는 스타일에 대해 이렇게 설명한다.

"스타일이라는 낱말이 사용될 때에는 ① 다른 글과 구분되는 어떤 글만의 독특한 표현 방식, 또는 다른 사람과 구분되는 어떤 사람만의 독특한 글쓰기 방식. ② 철자, 구두법, 맞춤법, 기본적인 문장 구성 등에 관한 관례나 규칙. 흔히 언론사, 출판사, 교육기관과 같은 특정한 조직이나 집단에서 표기의 통일을 위해 정해 놓곤 한다."

우리나라에서는 스타일을 '문체'라는 표현으로 바꿔 쓴다. 사전에는 이렇게 설명된다.

"문장의 개성적 특색, 시대, 문장의 종류, 글쓴이에 따라 그 특성이 문장의 전체 또는 부분에 드러난다."

1918년 처음 발행된 이래 《스타일의 요소》는 100년 넘는 기간 동안 4번이나 판을 바꿔 출간됐는데, 출판 편집자 E. B. 화이트는 1959년, 《스타일의 요소》를 다듬어 출간하며 스타일에 대해 이렇게 단언했다.

"스타일은 양념이 아니다."

화이트는 스타일은 자기 자신의 표현이며 '음식에 첨가해 맛을 내는 양념'처럼 따로 분리되어 존재하는 게 아니라고 설명한다. 글을 쓸 때 자기 나름의 스타일을 찾고자 하는 사람은 뻔한 표현, 번지르르한 수식을 단호하게 거부해야 한다고 주장한다. 대신, 쉽고 간결하고 정확하게 씀으로써 진정성 있게 써야 한다고 말한다.

《스타일의 요소》를 들여다볼 때마다 이 책을 프랭클린이 썼다고 해도 누구나 믿을 것이라 생각한다. 프랭클린은 300년 전 '18세기에 글은 간결하고 명확하게 쓴다'는 글쓰기 불변의 스타일을 개발한 원조다. 스트렁크가 이 원칙을 명문화하여 보급하며 수호하고 계승한 것이라고 나는 믿는다. 《스타일의 요소》에서 '프랭클린 스타일'이 곳곳에서 발견된다. 심지어 프랭클린이 글쓰기를 연습한 글쓰기 방법인 '최고를 모방하고 넘어서기'조차 스트렁크는 계승한다.

"글을 훌륭하게 잘 쓰는 사람들로부터 일상적 이용에 적합할 정도의 평이한 영어로 글 쓰는 법을 배운 뒤에는 스타일의 비결을 알아내기 위해 뛰어난 문필가들이 쓴 글을 연구해 보는 것이 좋겠다."

스트렁크 교수는 '간결하고 명확하게 쓰기'라는 글쓰기 지침은 모든 글쓰기에 통용되기 때문에 어떤 내용이든 간결하고 명확하게 쓰는 능력을 습득해야 하고, 여기에는 '따라 쓰기'만 한 게 없다고 설명한다.

프랭클린은 지적 관심이 왕성한 사람들을 모아 자기계발을 독려하는 클럽을 만들었다. 클럽의 명칭은 비밀 결사, 파벌 등의 의미를 지닌 '전토(Junto)'였다.

스트렁크 교수는 '매너스크립트 클럽'이라는 이름의 비공식적인 그룹을 운영했다. 글을 잘 쓰는 데 뜻을 둔 교수들이 모여 서로의 글을 토론하고 비평하며 코넬대학교에서 작가 공동체를 육성하는 데 중요한 역할을 했다. 스트렁크가 훗날 유명한 작가

이자 《스타일의 요소》의 공동 저자가 된 화이트를 만난 것도 이 클럽을 통해서였다. 내 눈에 아마도 스트렁크는 프랭클린을 속속들이 따라 쓰기 한 것으로 보인다.

프랭클린 이래 300년간 변하지 않은 글쓰기 지침

프랭클린은 어떻게 글을 썼을까? 프랭클린의 '스타일'은 어땠을까?

"이 무렵에 나는 〈스펙테이터〉라는 잡지를 봤다. 그런 류의 잡지를 본 적 없어 그것을 사서 몇 번이고 읽고 매우 기뻤다. 나는 거기에 실린 글이 너무도 훌륭하다고 생각했고, 가능하면 그렇게 쓰고 싶었다."

프랭클린은 친구인 벤저민 본에게 보낸 편지에서 자신의 글쓰기 방식, 스타일에 대한 생각을 전했다. 당시 프랭클린은 프랑스에 파견되어 외교관의 임무를 수행했다. 이 기간 동안 그는 미국 독립 혁명에 대한 프랑스의 지지를 확보하고 이후 전쟁을 끝낸 파리 조약을 협상하는 데 결정적인 역할을 했다. 프랭클린은 프랑스에 체류하는 동안 친구인 벤저민 본과 편지를 주고받으며 프랑스에서의 경험과 생각을 공유했다. 본은 프랭클린과 말이 잘 통하는 지적이고 정치적인 경제학자였다. 편지에서 프랭클린은 글쓰기 효과가 다분한 글을 써야 한다고 강조했다.

"나는 항상 모든 모호한 표현과 감정의 힘이나 명확성을 더하지 않는 모든 장식을 피하고 스타일의 명민함과 단순함을 목표로 삼아 왔다. 글로 많은 장식과 아름다움이 종종 다른 것에 지나지 않는다는 것을 기억한다."

출판되어 배포되는 글의 영향력을 확인한 프랭클린에게는 읽을 만한 가치가 있는 글, 즉 잘 쓴 글의 기준이 분명했다. 글은 매끄럽게 읽혀야 했다. 핵심이 분명하고 내용이 논리적이며 짜임새 있게 구성돼야 매끄럽게 읽힌다. 이런 글을 쓰려면 문장 또한 주의 깊게 고른 단어로 간결하고 명확하게 써야 한다. 이것이 프랭클린 스타일이다.

프랭클린이 스스로 배워 만든 그만의 스타일이자 지금까지도 변하지 않은 글쓰기 규칙은 이러하다.

글은, 읽을 만한 가치가 있게 쓴다.
글은, 매끄럽게 읽히게 쓴다.
글은, 간결하고 명확하게 쓴다.

하지만 간결하고 명확하게 쓰인 글도 내용이 논리적이지 않으면 매끄럽게 읽히지 않는다. 더 정확하게 얘기하면 논리성이 충분하지 않으면 간결하고 명확하게 쓰일 수 없다. 매끄럽게 잘 읽히는 글은 논리적 완결성이 뛰어나다.

프랭클린이 논리의 힘을 의식하게 된 것은 소크라테스 논쟁법에 매료되면서부터다.

"크세노폰의 《소크라테스식 논쟁법》을 찾아 읽으며 그 논쟁법을 배웠다. 그래서 그것을 내 것으로 만들려 애썼다."

이 공부를 통해 그가 이해한 것은 이랬다.

"당시만 해도 종교적 논쟁은 상대를 난처한 지경에 몰아넣기가 일쑤였다. 하지만 상대를 이기는 소통은 상대를 지게 만드는 것이 아니라 상대로 하여금 나의 의견에 수긍하게 만드는 것임을 프랭클린은 이해했다. 상대의 이견에 반박하지만 내 주장을 일방적으로 전개하지 않고 상대에게 겸손하게 묻고 의문을 제기하는 방법이 궁극의 승리를 가져다준다는 것을 알았다."

"소크라테스 논쟁법을 꾸준히 연습하여 나보다 지적으로 우월한 사람도 굴복시킬 수 있을 정도로 능수능란해졌다. 하지만 다른 사람들은 그런 방법을 몰랐고 사용할 수 없어 논쟁 시 곤란했으며 벗어나지 못해 허우적거렸다."

프랭클린은 논리를 이기는 인간의 심리에 일찍 눈떴다. 그래서 논쟁법을 자제했다. 논쟁에서 승리하려면 상대의 반감을 사지 않는 선에서 내 의견을 피력하는 방법을 알아야 했다. 반박해야 할 일이 있을 때나 주제에 대해 언급할 때는 '분명히 의심할 여지없이'와 같이 의견에 독단적인 느낌을 주는 단어를 사용하는 대신 '그것은 이러하다고 생각합니다', '저는 그게 이러할 것으로 생각합니다'라고 에둘러 말하는 습관을 들였다고 밝혔다. 이런 습관은 자신의 의견을 상대에게 관철하려 하거나 추진하려는 계획으로 사람들을 설득할 때 큰 도움이 됐다고 했다. 그에게 기준이 된 것은 알렉산더 포프의 조언이었다.

"사람을 가르칠 때는 가르치지 않은 것처럼 하고 모르는 것은 그들이 깜빡 잊은 것처럼 여기게 하라."

이런 노력에 힘입어 프랭클린의 글은 매끄럽게 읽혔다. 상대의 의견을 정면으로 반박하고 싸우듯이 논쟁하기보다는 겸손한 태도로 질문을 던지고 상대의 의견에 논리적으로 반박하는 기술로 빛났다.

"이를 꾸준히 연습해서 나보다 훨씬 학식이 높은 사람들까지 나의 의견에 동조하게 만들 수 있는 경지에 올랐다. 논쟁 상대가 미처 알아차리지 못하는 사이 그들을 몰아쳐서 애초에 기대했던 것보다 더 커다란 승리를 거뒀다."

프랭클린은 설득에도 능숙했다.

"대화의 목적은 그것을 통해 서로 간에 즐거운 기분을 맛보고, 정보를 교환하고, 상대방을 설득하고자 하는 데 있다. 아무리 똑똑하고 올바른 생각을 가진 사람이라도 거만하고 독선적으로 말한다면 본래의 좋은 의도는 퇴색하기 마련이다."

후대의 평론가들은 프랭클린의 글이 '우아하다'고 평한다. 프랭클린의 글은 매끄럽게 쓰였고 우아하게 읽혔다.

프랭클린이
글을 쓴 후에
반드시 확인한 한 가지

프랭클린은 당대 최고의 판매고를 자랑하는 세계적인 베스트셀러 작가였다. 25년 동안 해마다 출간한 달력 정보지《가난한 리처드의 연감》과 연감에 수록한 정보를 따로 묶어 출간한 소책자《부자가 되는 길》이 그 대표작이다. 독자가 솔깃할 만한, 잘 팔릴 수밖에 없는 내용을 기획했다. 그리고 이를 매끄럽게 써서 그때그때 인쇄물로 만들어 판매하는 과정이 그의 손에서 한 번에 가능했다.

프랭클린은 세상의 행간과 시장의 요구, 독자의 마음을 읽어내는 데 프랭클린의 재주가 탁월했다. 그에게 이런 재주를 선물한 이는 코튼 매더였다. 프랭클린은 식민지 초기 시절 미국의 청교도 목사이자 신학자인 코튼 매더가 쓴 책들을 읽고 공공의 이익에 헌신하고 자선 활동에 대한 영감을 받았다. 특히 프랭클린은 코튼 매더가 쓴 책 《보니파시우스: 선을 행하기 위한 수필》과 《실렌티아리우스: 침묵의 고통자》 같은 책의 글쓰기 방향에 매료됐는데, '독자를 위한 글쓰기'였다. 프랭클린은 자신의 저작물이 유용성을 띠는 것은 '매더에게서 받은 교훈의 결과'라고 이야기했다.

글쓰기에서는 '문장이나 내용을 어떻게 써내는가'만큼 중요한 것이 '독자와 어떻게 관계를 맺느냐'다. 독자를 특정하여 그의 관심사와 읽기 환경을 고려하고 배려할 때 잘 읽히는 글쓰기가 가능하다. 프랭클린은 '독자에게 유용한 내용'을 '간결하고 명확하게' 썼다. 그 결과 매끄럽게 읽히고, 우아한 글쓰기라는 평을 얻었다.

프랭클린의 자서전을 읽다 보면 놀라운 부분이 있다. 그가 자신의 글쓰기 연습법을 분석하는 과정에서 '독자를 염두한 읽힐 만한 글쓰기'를 지향했다는 것이다. 12살 어린 나이를 감안하면 놀랍다.

내가 글쓰기 수업을 하며 가장 힘든 점이 글 쓰는 사람의 마음속에 독자를 품게 하는 일이다. 대화와 달리 글은 혼자 하는 작업이다 보니 독자를 상상하고, 생각하고, 배려하며 쓰기가 혼자서는 불가능하다. 그래서 피드백 중심의 글쓰기 수업이 필수다. 글을 쓰고 피드백 받으며 수정하기 과정을 되풀이할 때 내가 쓴 글이 독자에게 어떻게 읽히는지 감을 잡을 수 있다. 학교에도 다니지 못한 프랭클린이 글쓰기 과외를 받았을 리 만무하다. 그런데도 그의 글은 독자를 향해 있다.

프랭클린은 자신의 글을 읽는 사람들의 반응을 예민하게 살폈다. 특히 《가난한 리처드의 연감》의 반응은 해마다 뜨거웠고 그 반응이 의미하는 바를 프랭클린은 놓치지 않았다.

"낯선 곳을 걷고 있을 때 나는 그들이 '가난한 리처드가 말하기를' 하면서, 달력에 실린 금언들을 인용하는 것을 심심찮게 봐왔다. 이런 말들을 들으면서 나는 가슴 뿌듯한 감동을 느꼈다. 그것은 나의 금언들이 세상에 많이 알려졌으며, 독자들에게 권위와 존경까지 얻게 되었다는 증거이기 때문이다."

자신의 글을 읽은 사람들의 표정에서 읽을 만한 글임을 확인하는 것이 그에게 가장 큰 동기 부여였다. 독자들이 입에서 입으로 자신의 글을 옮기는 걸 보는 것만한 동기 부여가 없었다.

"글쓴이에게 가장 큰 행복은 누군가 자신의 글을 존경을 담아 인용한 것을 보는 것이다."

사람들에게 쓸모 있는 글만 주기 위하여

1790년 4월, 프랭클린이 사망하자 주치의 존 존스는 짧게 논평했다.

"84년 하고도 석 달의 길고 쓸모 있는 삶을 마감하며 평온히 영면에 들었다."

프랭클린의 삶의 흔적을 찾아 떠난 여행기를 쓴 작가 에릭 와그너는 프랭클린의 자서전에 '쓸모'라는 단어가 거의 30번 등장한다고 언급한다. 프랭클린은 단순히 길게 산 것이 아니라 인생을 '쓸모 있게' 살았다는 것에 주목해야 한다고 강조한다. 에릭

와그너는 그의 책에서 이렇게 말했다.

“쓸모는 그의 원동력이고 특성이었다. 그는 쓸모 있는 인쇄업자이자 쓸모 있는 정치인, 쓸모 있는 과학자, 쓸모 있는 작가, 쓸모 있는 친구였다. 또한 그는 쓸모 있는 혁명가였다.”

프랭클린 스타일은 매끄럽게 읽히는 글쓰기, 즉 간결하고 명확한 글쓰기와 독자에게 유용한 실용적인 글쓰기, 이 두 개의 축으로 견고하다. 정보를 제공하든, 조언을 하든, 통찰을 공유하든, 프랭클린은 독자가 읽을 가치가 있는 실용적인 내용을 썼다. 유용한 정보를 제공하면서도 읽기 쉬운 글쓰기를 양보하지 않았다.

“나는 항상 다른 어떤 종류의 명성보다 선을 행하는 사람의 성격에 더 큰 가치를 뒀다. 그리고 만약 당신이 생각하는 것처럼 내가 유용한 시민이었다면 대중의 존경은 다른 어떤 미덕보다 선을 행하는 나의 성향 때문일 것이다.”

프랭클린은 일상을 더욱 편하게 하는 방법을 연구하는 데 관심이 컸다. 실용성은 프랭클린이 중시한 가치였다. 그가 일생에 걸쳐 유용한 것들을 발명해 낸 발명가라는 사실이 이를 입증한다. 그의 글들도 일상생활과 관련된 실용적인 내용을 다뤘는데, 가령 그를 베스트셀러 작가로, 부자 작가로 만들어 준《가난한 리처드의 연감》 달력이 그 대표적이다.

25년 연속 1만 부 이상이 팔린 베스트셀러인《가난한 리처드의 연감》만 해도 달력 여백에 여러 도움될 만한 내용을 곁들였다. 도덕적 교훈이나 조언, 삶의 지혜를 제공했다. 프랭클린은 "책을 접하기 쉽지 않았던 대중에게 유익한 정보를 제공하기 위해서"라고 말했다. 어차피 달력은 집집마다 필요한 것이라 구매하는 가정이 많으니, 달력을 활용해 필요한 정보들을 함께 볼 수 있으면 독자에게 큰 도움이 될 것이라 믿었다.

프랭클린이 달력 정보지를 출간하여 그 분야에서 독보적인 존재가 됐다. 달력 정보지는 해마다 1만 부씩 팔려 그에게 부와 명성을 선물했다. 하지만 동료 점성 학자들과 다른 분야 작가들이 보여 준 냉대와 무관심에 프랭클린은 적잖이 의기소침했다. 하지만 프랭클린은 자신이 글에 대한 가치를 인정해 주는 최고의 심사관은 실제로 달력을 구매하는 일반 독자라는 결론을 내렸다.

"나의 친구들이여, 나는 독자들을 위하여 내가 할 수 있는 한 가장 좋은 것만을 골라서 많은 도움을 주고자 노력했다는 점을 이 자리를 빌려서 강조하고 싶다. 독자들에게 봉사하는 여러분의 다정한 친구, R. 손더스."

1747년도 판 《가난한 리처드의 연감》 서문에 적힌 프랭클린의 마음이다. 프랭클린은 그는 대놓고 실용적 글쓰기를 목표했다. 자신이 추구한 13가지 미덕에 대한 글을 쓰면서도 이렇게 말했다.

"다른 책들처럼 각 덕목이 그저 좋다고 촉구할 뿐 덕목을 얻는 방법에 대해서는 가르쳐 주지도 알려 주지도 않는 다른 책들과는 구분된다. 예수의 제자 야고보도 "헐벗고 일용할 양식이 없는 형제자매에게 입을 것과 먹을 것을 어디에서 구하는지 알려 주지 않고 그저 배부르게 하고 옷을 두툼하게 입으라 권한다면 무슨 유익이 있겠는가"라고 말했다."

프랭클린은 믿었다. 사람은 드물게 찾아오는 커다란 행운보다 일상의 작은 이익에서 더 큰 행복을 느낀다고. 예컨대 가난한 사람에게 면도하고 면도칼을 깨끗이 보관하는 방법을 가르쳐주는 게 한꺼번에 1,000기니(Guinea)를 주는 것보다 그의 행복에는 더 크게 기여할 수 있다고.

"면도하는 법을 배우면 이발소에서 한없이 기다려야 하는 짜증 나는 시간을 피할 수 있고, 때로는 더러운 손가락, 역겨운 입냄새, 무딘 면도칼을 피할 수 있다. 면도하는 법을 배우면 가장 편리한 시간에 면도할 수 있고 좋은 면도칼로 면도하는 즐거움을 매일 누릴 수 있다."

프랭클린은 독자를 위한 내용이라 하더라도 처음부터 끝까지 진지하기만 하면 내용을 이해하고 소화하기가 어려울 것이라 여겼다. 그래서 소화를 돕기 위해 우스갯소리를 넣기도 했다.

"내가 지금껏 여러분을 위하여 마련한 음식들 중에는 여러분의 입맛에 맞지 않는 단단한 고기가 들어 있을 수도 있다. 그리고 다른 지혜의 식탁에서 가져온 음식들도 있는데, 그것들을 잘만 소화하면 여러분의 정신에 풍부한 영양소가 될 것이다. 하지만 피클이 없으면 음식을 못 삼키는 사람이 있는 것처럼 그런 사람들을 위해 가끔 가다 이야기와 우스갯소리를 넣었다."

식욕을 돋워 주기에는 안성맞춤인 우스갯소리로 인해 속없는 젊은이들은 훨씬 더 똑똑해졌다는 수치스러운 모욕을 듣게 될지도 모른다며 익살을 피우기도 했다.

펜실베이니아 가정에는 책이 두 권뿐이었다

《가난한 리처드의 연감》은 초판 1,000부를 찍으면 이틀 만에 다 팔릴 만큼 매번 '초대박'이었다. 프랭클린 시절, 펜실베이니아 가정에는 딱 두 권의 책이 있었다고 한다.

《성경》과 《가난한 리처드의 연감》.

프랭클린은 달력에 유용한 콘텐츠를 추가하는 것으로 독자들의 성원에 보답했다. 책을 사서 볼 여유가 없는 '가난한 독자'를 위해서였다.

"달력의 여백에 교훈이 될 만한 금언들을 써넣었다. 그 내용은 대부분 근면과 검약만이 부자가 되는 길이며, 그렇게 함으로써 덕을 얻을 수 있다는 내용이었다. 한 가지 예를 들어 가난한 사람이 늘 정직하게 살기는 어렵다는 뜻으로 '빈 자루는 똑바로 설 수 없다'는 금언을 넣었다."

프랭클린은 달력 값이 독자에게 충분한 가치를 제공했다고 믿었다. 달력 본연의 가치로도 충분했지만, 달력에 담아 전한 금언과 지혜들로 독자들이 마음을 수양하기에도 충분했다고 믿었다.

"그런 것들을 충분히 자기 것으로 만든 독자라면 나의 노력에 지급한 돈보다 몇 배는 더 값진 소양을 얻어 보다 현명해지고 정신적으로 성숙해질 것이다."

프랭클린은 달력 값을 올리지 않았다. 오히려 지속적으로 봐준 독자들의 성원과 은혜에 더욱 감사하기로 했다며 인사했다. 여기에 그치지 않고 콘텐츠를 추가하기로 했는데, 독자들의 정신과 육체의 건강에 도움될 비법이나 비결을 전문가나 성공한 경험자들에게 추천을 받아 싣기도 했다. 돈을 많이 벌고도 독자에게 충성을 아끼지 않았다.

1758년 판《가난한 리처드의 연감》은 특별했다. 그동안 해마다 달력 곳곳에 수록한 지혜와 좋은 말들을 정리하여 한꺼번에 엮어 서문에 실었다. 어느 지혜로운 노인이 경매장에 모인 사람들에게 오랫동안 축적된 인류의 지혜를 알기 쉽게 설명하는 식이었다.

"돈을 빌리러 가는 사람은 슬픔을 느끼러 가는 것이다."
"꿀보다 달콤한 것은 돈밖에 없다."
"일찍 잠자리에 들고 일찍 일어나면 건강하고, 부유하고, 현명해진다."

이런 격언이 주된 내용이었다. 출판업자들은 이 서문을 따로 엮어 출판했는데《부자가 되는 길》이라는 제목을 붙였다. 책자는 금세 이웃 여러 나라에서 큰 인기를 끌었다.

"미국에서는 모든 신문에 실렸다. 영국에서는 커다란 종이에 인쇄되어 집집마다 벽에 붙여졌다. 프랑스에서는 두 권의 번역서가 나왔는데, 성직자와 상류층 인사들은 그것을 대량으로 구매하여 그들의 교구민이나 소작인들에게 무료로 나눠 줬다."

이 책자는 지금도 출판사의 기획에 따라 제목이나 만듦새가 바뀌어 출간된다. 미국의 부모가 자녀에게 가장 많이 선물하는 책이기도 하다는 후문이다. 수없이 많은 금언이 담긴 달력을 엮어 낸 이 책을 읽은 미국인들에게 프랭클린은 '마음의 대통령이 됐다'고도 한다.

잘 읽히는 글쓰기 불변의 법칙

《돈의 심리학》을 쓴 작가 모건 하우절은 변화하는 세상을 이해하고 싶어 역사 공부를 시작했다. 그러려면 무엇이 변하지 않는지부터 알아야 한다고 생각했다. 10년 역사 공부 끝에 그는 깨달았다.

"인간의 머리는 1920년이나 2000년이나 2020년이나 똑같습니다."

아마존의 창업자 제프 베이조스야말로 변하지 않을 것에 주목했다.

"앞으로 10년 동안 무엇이 변할 것 같냐는 질문을 자주 받는다. 정작 중요한 것은 앞으로 10년 동안 변하지 않을 것을 찾는 것이다."

나는 40년 가까이 글을 써서 밥을 먹었다. 글을 잘 쓰고 싶어 애를 썼다. 최근 23년 동안은 글쓰기 코치로 일하며 사람들이 글을 잘 쓸 수 있도록 돕는 데 기를 썼다. 여러 권의 글쓰기 책을 썼다. 내가 빠뜨린 노하우가 있을까 싶어 국내외에서 출간되는 거의 모든 글쓰기 책을 사서 봤다. 글을 쓰면서, 글을 쓰게 하면서 제법 오랜 시간을 파고든 끝에 나는 '잘 읽히는 글쓰기, 절대 변하지 않을 법칙'을 찾았다.

'읽을 만한 글을 쓴다.'

독자에게 '읽을 만한 가치'가 있는 글은 내용 면에서 유용하다. 독자가 쉽게 빠르게 읽는다. 이런 글은 간결하고 명확하다. 읽을 만한 글은 결론적으로 독자를 의도한 방향으로 움직이게 한다. 나는 이것에 '잘 읽히는 글쓰기 불변의 법칙'이라 이름을 붙였다.

일본에서 카피라이터로 활동하는 후지요시 유타카는 '퍼즐 조각처럼 흩어져 있는 글쓰기 노하우'를 정리하고 싶었다. 글쓰기 관련 베스트셀러 100권을 뽑아 일곱 가지 글쓰기 규칙으로 정리했다. 1위는 '문장은 간결하게 작성한다'이다.

'문장 한 줄도 글 한 편도 간결하게!'

이는 모든 글쓰기 교사, 전문가들이 가장 강조하고 우선시하는 철칙이다.

프랭클린이 '글로 세운' 미국은 프랭클린 글쓰기 스타일을 사수하는데 집요했다. 프랭클린이 글쓰기 연습을 시도한 지 200년쯤 후인 1919년에 출간된 《스타일의 요소》는 프랭클린 스타일의 설명서였다. 1998년, 미국 증권거래위원회(SEC)에서 출간한 《SEC 핸드북(Security and Exchange Commission)》이 바통을 이어받았다.

《SEC》 핸드북은 투자자들이 이해하기 쉽게 글 쓰는 방법을 정리한 것으로 미연방 법전이 규정한 '투자 설명서 정보 제시' 요건을 충족한다. 1998년 이래 모든 투자 설명서는 이 핸드북 원칙에 따라 작성된다고 한다. 미국 내에서 가독성에 대한 기준을 이야기할 때 이 핸드북의 원칙을 기준으로 삼을 정도로 영향력이 크다. 이 핸드북의 기준이란 이것이다.

'간결하고 명확하게 쓰기.'

이어 2010년 미국 정부는 대중이 이해하고 사용할 수 있는 명확한 커뮤니케이션을 촉진하기 위해 평이문법(Plain Writing Act 2010)을 제정하는데, 이로써 프랭클린 스타일은 더욱 공공연해진다. 프랭클린 스타일은 2017년 출범한 기업 악시오스의 '스마트 브레비티'로 이어진다. '백악관이 매일 아침 가장 먼저 확인하는 뉴스레터'로 유명한 악시오스는 디지털 시대 커뮤니케이션 활동에 적용되는 유일한 기준으로써 간결함인 '스마트 브레비티'을 강조한다.

헤밍웨이는 많은 이가 꼽은 20세기 최고의 작가다. 간결하고 명확한 글쓰기의 상징이다. 그의 명성을 업고 2013년 헤밍웨이 앱이 출시됐다. 이 앱은 사용자가 작성한 글의 가독성을 분석하고, 문장을 간결하게 다듬을 수 있도록 도와준다. 긴 문장이나 복잡한 문구를 간결하고 명확하게 수정하도록 돕는다. 딱 헤밍웨이의 문장처럼.

직장에서 쓰는 보고서, 메일 혹은 자기소개서를 전송하기 전에 헤밍웨이 앱으로 '내 글이 얼마나 읽기 쉬운가'를 확인해 바꾸는 이가 많다고 한다. 헤밍웨이 앱은 1952년 미국의 언어학자 로버트 패스턴이 개발한 안개 지수(Fog Index)의 뒤를 잇는다. 안개 지수 역시 텍스트의 가독성을 평가하는 데 사용되는 지표로 쉽게 읽히는 간단한 글쓰기를 돕는다.

워런 버핏은 '세계 최고의 투자전문가'다. 《SEC 핸드북》의 서문을 쓸 정도로 간결하고 명확한 글쓰기 전도사다. 그는 투자를 잘하려면 글쓰기를 잘해야 한다는 특이한 주장을 한다. 해마다 주주들에게 보내는 서한을 직접 쓰기로 유명한 워런 버핏의 글쓰기는 미국 로스쿨들에서 따라 쓰기 멘토 글로 인정받는다. 간결하고 명확해서다. '워런 버핏 스타일'은 스트렁크 교수의 '스타일의 요소들'이 실제 쓰인 증거다.

단언컨대, '잘 읽히는 글쓰기 불변의 법칙'의 원작자는 프랭클린이다. 벤저민 프랭클린은 1720년대에 확립한 잘 읽히는 글쓰기의 절대 원칙을 세웠다. 프랭클린은 모든 글은 읽을 만한 글이어야 하며 읽을 만한 글은 매끄럽게 읽히고, 그러기 위해서는 간결하고 명확하게 써야 한다고 믿었다.

프랭클린 비법이 프랭클린 자서전을 통해 공개된 이후에 쏟아져 나온 '글쓰기 노하우'들은 프랭클린 글쓰기 비법이라는 본

문의 주석에 불과하다. 주석(註釋)이란 본문의 뜻을 알기 쉽게 풀어 쓰는 글을 말한다.

프랭클린은 읽을 만한 글쓰기, 즉 간결하고 명확하게 글을 쓰기 위해 자신만의 방법으로 혼자 한동안 연습했다. 프랭클린 글쓰기 비법의 핵심은 '읽을 만한 글을 쓰려면 그러한 의도에 맞게 의식적으로 연습해야 의미 있는 결과를 만들 수 있다는 것'이다.

과학적으로
증명된
글쓰기 연습 루프

"짧고 자극적인 콘텐츠가 넘치는 시대. 400년도 넘은 셰익스피어 작품들이 책과 공연 등으로 여전히 사랑받고 있다."

2024년 9월 보도된 기사의 일부다. 셰익스피어가 쓴 희곡《로미오와 줄리엣》은 1591년에서 1595년 사이에 초연된 것으로 알려진다.《로미오와 줄리엣》이 400년 동안 공연되었으니 앞으로도 400년 동안 공연될 것이라는 기대가 가능하다. 이것을 린디 효과라 한다.

린디 효과를 널리 퍼뜨린 작가 나심 니콜라스 탈렙은 오래된 아이디어나 기술은 오래된 만큼의 수명을 이어 간다고 설명한다. 수명이 오래된 것들은 이유가 있다.

'프랭클린 글쓰기 비법'은 프랭클린이 인쇄소 한편에서 글쓰기 연습을 시작한 1718년을 기점으로 계산하면 무려 300년이나 지속된 글쓰기 연습 방법이다. 린디 효과에 따르면 프랭클린 글쓰기 비법은 앞으로 최소한 300년은 유효할 것이다.

300년 프랭클린 글쓰기 연습법의 핵심은 모방하기다. 프랭클린은 따라 하고 싶은 '최고'를 분석하고, 모방하고, 넘어서는 방식으로 글쓰기를 연습했다. 이 방법의 수명이 앞으로도 300년 이상 지속될 것이라는 예측은 21세기 심리학이 밀어주고 뇌신경 과학이 백업해서다.

프랭클린 글쓰기 연습법은 전문가들이 입증하는, 특정 기술에 숙달하고 재능을 키우는 데 반드시 필요한 '의식적 연습 원리'에 정확히 부합한다. 의식적 연습 원리는 20세기에 활발하게 연구된 인지 심리학과 뇌 과학을 등에 업고 연구된 결과물이다.

18세기 초 12살의 프랭클린이 전적으로 자신의 생각만으로 설계하고 반복한 방법이라는 것이 놀랍기만 하다. 이런 이유로 프랭클린이 글쓰기를 연습한 방법은 특별한 기술, 재능을 갖고 싶은 사람들을 위한 해법 중 바람직한 사례로 빠지지 않고 등장한다. 프랭클린 글쓰기 연습의 특징은 다음과 같다.

첫 번째, 의식적 연습의 원리를 기반으로 한다.

프랭클린은 구체적인 목표를 세웠고, 자신의 글쓰기에서 미숙한 부분을 집중적으로 개선했다. 의도한 방법대로 연습하고, 평가하고, 수정하는 피드백 루프를 무한 반복함으로써 잘 쓴 글의 알고리즘을 정신에 장착했다. 프랭클린이 무한 반복한 이 과정은 의식적 연습 원리의 전형이다.

두 번째, 스스로 습득한다.

프랭클린은 자신의 글쓰기 수준을 진단하고, 그에 맞춰 자신에게 걸맞은 방법으로 글쓰기를 연습했다. 덕분에 프랭클린은 인쇄소 견습생으로서 일하면서도 외적인 여건에 흔들림 없이 글쓰기 연습을 지속적으로 할 수 있었다.

프랭클린은 잘 쓰인 글을 고르는 것부터 피드백까지 전 과정에 걸친 바람직한 글쓰기 연습을 혼자서 실행했기에 오히려 의도한 대로 의미 있는 성과를 낼 수 있었다.

세 번째, 모방한다.

프랭클린은 잘 쓰인 글을 베끼며 흉내 내는 데 그치지 않았다. 그 글이 쓰인 방법을 역추적하여 기법을 발견하고 자신의 것으로 만드는 연습을 했다. 잘 쓰인 글의 구조, 표현법, 문장 작법을 분석하여 패턴을 확인하고 그것을 따라 하고 마침내 넘어섰다.

네 번째, 개선할 점을 찾는다.

혼자 하는 연습에서 빠뜨리기 쉬운 피드백. 프랭클린은 모방하여 쓴 자신의 글을 원문과 대조하는 과정을 통해 부족함을 발견하고 개선했다.

뇌신경 과학에서는 프랭클린 글쓰기 연습 방법이 뇌 신경 세포 간 신호 전달을 돕는 미엘린 생성을 촉진하는 데 결정적으로 기여한다고 증언한다. 특정 기술을 향상하도록 개발된 의도한 방법대로 의미 있게 연습할수록, 미엘린 생성이 촉진되어 능력이 향상된다.

프랭클린이 그랬던 것처럼 의식적인 연습을 반복하면 미엘린 생성을 촉진하여 쉽고 빠르게 목표한 글쓰기를 할 수 있다. 따라서 의식적인 연습에 일정 기간 몰두하면 뇌에 고속도로 같은 길이 만들어져 글쓰기가 더 쉬워지고 더 빨라진다. 10대에 5년 동안 헌신한 글쓰기 연습으로 그에게는 글을 잘 쓰는 뇌가 만들어졌다. 반면에 생각 없이 쏟아 내는 막글 쓰기를 반복하면, 막글을 쓰는 뇌가 만들어질 뿐이다.

인쇄공, 얼굴 없는 베스트셀러 작가, 서적 판매상

프랭클린은 〈스펙테이터〉 잡지에 실린 잘 쓰인 글을 모방하는 방법으로 글쓰기 기술을 독학했다. 동시에 그렇게 습득한 글쓰기를 바로바로 사용했다. 그는 인쇄소에서 발행하는 지역 신문 〈뉴잉글랜드 커런트〉에 글을 실었다. '두굿(Silence Dogood)'이라는 이름으로 기고했는데, 지역 신문 편집과 발행을 담당하는 형 제임스가 동생이자 어린 견습생의 글을 반길 것 같지 않아 필명으로 위장했다.

프랭클린이 설정한 두굿은 남편을 잃고 혼자 사는 여자였다. 나이가 많았지만 활기찼다. 이름과 달리 수다스러웠다. 프랭클린은 두굿의 펜으로 종교적 위선자와 일상에서 방탕한 사람들을 저격하는 글을 썼다. 글이 연재되자마자 큰 인기를 끌었다. 두굿 여사에게 청혼한 독자도 생겼다.

인쇄소에는 사장인 제임스 프랭클린을 중심으로 한 작가 집단 쿠랑(Courant)이 신문에 올릴 글을 검토했다. 프랭클린은 쿠랑 소속 작가들이 자신이 쓴 두굿의 글을 두고 나누는 대화를 엿들었다. 형과 형의 친구들이 자신이 쓴 두굿의 글에 관심을 보이고, 긍정적인 의견이 오가는 것을 훔쳐보며 프랭클린은 글쓰기에 대한 의욕을 불태웠다.

프랭클린이 필명으로 신문에 연재한 글을 총 14편. 이때 그의 나이 16살이었다. 이미 프랭클린은 유머러스하게 풍자하는 스타일의 글을 쓸 줄 아는 재능을 뽐내는 작가였다. 아이작슨은 프랭클린의 저술이 여러 면에서 선구적이었고, 미국에서 유머러스한 글을 쓴 첫 주자이며 이는 마크 트웨인과 윌 로저스 같은 저명한 작가에 영감을 줬다고 평한다.

이런 일도 있었다. 프랭클린은 윌리엄 울러스턴의 자연 종교 재판에 관한 글을 인쇄하기 위해 조판 작업을 맡았다. 내용을 읽어보니 필자의 추론 가운데 근거가 충분하지 않은 부분이 눈에 띄었다. 그냥 지나칠 수 없었던 프랭클린은 그 부분을 지적하며 논평하는《자유와 필연, 쾌락과 고통에 대한 논설》을 썼다. 이 글을 몇 부 인쇄하여 돌려 봤는데, 점점 글이 알려지면서 프랭클린은 글을 잘 쓰는 젊은이로 소문났다.

프랭클린이 일찌감치 읽고 쓰기에 재미를 들였지만, 인쇄소 업무와 무관한 개인적인 관심사였으므로 시간이 부족했다. 일과가 끝난 뒤 밤에나 아침 일 시작 전 혹은 일요일에만 읽고 쓸 수 있었다. 일요일에는 교회 예배에 빠지고 인쇄소에 혼자 남아 글쓰기와 독서를 했다. 하지만 예배에 마냥 빠질 수는 없었다. 아버지 집에서 먹고 자려면 교회 예배는 필수였다.

그러던 중 글쓰기와 읽기에 투입할 돈과 시간과 에너지를 확보할 기회가 생겼다. 토머스 트라이언이 쓴 채식을 권하는 책을 읽고 설득되어 채식을 실천하기로 했다. 프랭클린이 채식을 시작하면서 식사 때마다 육식을 거부하자 인쇄소 직원들의 불만이 커졌고, 점점 함께 식사하기가 불편해졌다.

프랭클린은 사장인 형에게 식비의 절반을 달라고 하여 채식을 실행했다. 인쇄소 직원들이 식사하러 가면 혼자 인쇄소에 남아 비스킷, 빵 한 조각, 한 줌 건포도, 빵집에서 산 파이와 물 한 잔으로 채식 식사를 했다. 그러자 점심시간이 꽤 남았고 그 시간 동안 더욱 열렬히 읽고 쓸 수 있었다. 채식으로 먹고 마시는 것을 절제하니 머리가 맑아지고 이해력도 빨라졌다. 프랭클린이 평생 지킨 일상 루틴의 하나인 점심시간에 한두 시간 책을 읽는 습관은 이때 만들어졌다.

12살에 시작한 글쓰기 수련은 인쇄 장비를 구하기 위해 보스턴을 떠나 영국으로 향한 17세에 일단락됐다. 이후 펜실베이니아에 정착한 프랭클린은 23살에 〈펜실베이니아 가제트〉를 발행하며 신문 편집자와 발행인으로 데뷔했다. 신문으로 뉴스를 전할 뿐 아니라 자신의 생각과 의견을 글로 실었다. 신문에 실린 프랭클린의 글은 대중들에게 큰 영향을 미쳤고, 영향력이라는 자산을 구축했다.

프랭클린은《가난한 리처드의 연감》같은 초베스트셀러를 쓴 작가인 동시에 발행인이자 서적 판매상을 겸한 인플루언서가 됐다. 프랭클린은, 그러고도 아직 20대였다.

2장

어떻게 쓰는가?

글쓰기 연습

"나는 일을 마친 늦은 밤이나 아직 일을 시작하지 않은 새벽에 짬을 냈다. 인쇄소에서는 잠깐 혼자 있는 시간에 또 교회 예배를 빼먹어 가며 글쓰기 연습을 했다."

-벤저민 프랭클린-

읽을 만한 글의 세 가지 조건과 다섯 가지 요소

미국은 독립 선언서로 시작됐다.

"우리는 다음을 자명한 진리로 받아들인다. 모든 사람은 평등하게 태어났고 창조주로부터 양도할 수 없는 생명권, 자유권, 행복의 추구권의 권리를 부여받았다."

나는 벤저민 프랭클린의 눈부신 생애가 그가 10대에 5년간의 헌신으로 일군 글쓰기 연습의 결과물이라고 확신한다. 프랭클린은 그렇게 습득한 글쓰기 기술로, 태어나면서 부여받은 생명권 자유권 행복의 추구권을 쟁취했다. 이것은 자명한 진실이다.

프랭클린은 스스로도 자신이 이룬 성취와 업적의 비결을 인식했다.

"이 모든 것이 오랫동안 글쓰기 기술을 연마한 덕분이었다."

초등학교 2년을 다니며 글쓰기에 재능을 보였으나 학교를 계속 다니지 못했고, 배우지 못한 글쓰기에 대한 아쉬움과 제대로 배운 친구에 비해 뒤처진 글솜씨를 만회하기 위해 시작한 글쓰기 연습이 독학이었다.

프랭클린은 잘 읽히는 글쓰기의 요소를 빠짐없이 구사하는 글쓰기 기술을 습득했다. 잘 쓰인 글을 주의 깊게 읽고, 모방하고, 넘어서기였다. 프랭클린은 읽힐 만한 글을 쓰겠다는 의도에 맞게 의식적으로 연습했다.

프랭클린의 글쓰기 연습법은 앞으로 설명할 바람직한 글에 요구되는 다섯 가지 요소를 모두 포함한다. 이러한 총체적 연습으로 갖게 된 글쓰기 기술이기에 프랭클린은 글로 쓰인 나라 미국을 건설할 수 있었다. 가난한 무학의 인쇄공에서 미국의 아버지라 불릴 만큼 자신의 인생을 새로 고침했다.

글쓰기는 역사가 5,000년이다. 인류 최초의 쐐기 문자가 새겨진 점토판의 생성 시기를 기점으로 계산한 것인데, 문자로 처음 기록된 내용은 맥아와 보릿가루 수령 내역이다. 5,000년 동안 글쓰기는 아이디어, 감정, 정보를 전달하고 소통하는 강력한 도구로써 맹활약한 마법사다.

글쓰기는 긴 세월, 다양한 변화를 보였지만 내용과 형식, 이 두 축이라는 구성 요건만은 변하지 않았다. 내용 축에는 무엇을 전달하려는지, 형식 축에는 전달하려는 내용을 어떻게 구성하고 표현하는지에 대한 것이다.

프랭클린이 쓰고자 한 '읽을 만한 글'은 잘 지어진 건축물처럼 견고하다.

명확하게 논지를 만들어 내는 기술.
논지에 맞게 내용을 짜임새 있게 구조화하는 기술.
설득력 있고 간결하게 표현하는 기술.

이 세 가지 조건이 내용을 명확하고 간결하게 전달하여 독자들에게 영향을 미친다. 이게 다가 아니다. 이 세 가지 조건은 글을 통해 전하려는 바를 스스로 이해하고 또 독자와 공유하기 위해 노력을 아끼지 않는, 쓰는 사람의 진정성이라는 주춧돌 위에서 있다. 주춧돌은 기둥을 안정되게 지지하여 구조물의 안정성을 보장한다.

글쓰기에서는 내용과 표현의 신뢰성 역시 진정성에 포함된다. 여기에 독자를 이해하고 독자의 요구와 기대에 맞는 글을 쓰는 독자 마인드가 기둥을 연결하고 지붕을 지지하는 대들보처럼 글 전편에 걸쳐 균형을 잡아 준다.

이 세 가지 조건을 갖춘 글을 쓰기 위해서는 논지 개발, 내용 구조화, 표현 기술, 독자 마인드, 진정성이라는 다섯 가지 요소를 고루 습득해야 한다. 그래야 마침내 의도한 대로 영향을 미치는 글쓰기 기술을 갖게 된다.

- 논지 개발(Argument)

글로써 전달하려는 아이디어, 즉 취지가 분명하도록 논지를 만들어 내는 기술.

- 구조화(Architecture)

내용을 논리적이고 체계적으로 짜임새 있게 구조화하는 기술.

- 표현(Articulate)

내용을 설득력 있게 전달하기 위해 간결하고 명확한 문장을 만들고 올바른 단어를 선택하는 기술.

• 독자(Audience)

내 글을 읽게 될 독자를 이해하고 독자의 요구와 기대에 맞는 글을 씀으로써 의도한 방향으로 영향력을 미치는 기술.

• 진정성(Authentic)

글을 쓰려는 목적과 의도를 명확하게 이해하고 독자와 공유하려 애쓰는 기술.

이처럼 프랭클린의 글쓰기 연습은 잘 쓰인 글을 모방하면서 배우고 그것을 넘어서는 것으로 자신만의 글쓰기 목적지에 도달했다.

3단계만 의식적으로 반복하라

프랭클린은 인쇄소에서 일을 하며 시를 쓰곤 했다.

"나는 시에 관심이 많아 짧은 시를 몇 편 썼다. 돈벌이가 될 수 있을 것이라는 형의 격려에 힘입어 나는 특별한 날을 위한 발라드를 쓰기 시작했다."

형은 동생이 쓴 시를 인쇄하여 동네에서 팔았는데 제법 잘 팔렸다. 하지만 아버지는 '시인은 거지로 전락하는 경우가 많다'며 시에 대한 그의 흥미와 시도를 차단했다. 프랭클린은 산문 쓰기로 관심을 돌렸다.

"산문 쓰기는 내 인생에서 매우 유익했고 내 성공의 핵심 요인이다."

산문을 잘 쓰고 싶었으나, 가르쳐 주는 사람도 배울 수 있는 방법도 없었으므로 프랭클린은 혼자 따라 하기로 했다. 잘 쓰인 글을 모방하기로 했다. 프랭클린의 모방하기는 단순한 흉내 내기가 아니다. 잘 쓰인 글을 분석하고 흉내 내고 넘어서는, 의식적인 연습이다.

프랭클린은 잘 쓰인 글을 주의 깊게 읽고 분석했다. 분석 과정에서 잘 쓰인 글의 패턴을 파악했고 그 패턴을 흉내 냈다. 흉내를 제대로 냈는지 원문과 대조하며 살폈고, 차이를 알아내 부족한 부분을 개선하는 연습을 했다. 의도에 맞게 의식적인 연습을 반복함으로써 의미 있는 결과를 만들어 냈다.

잘 쓰인 글을 모방하고 넘어서는 프랭클린 글쓰기 연습은 의식적인 연습을 오랜 시간 반복하는 것이 핵심이지만, '단순 반복'이 아니다. '개선적 반복'이다. 어떤 행위를 매번 같은 방식으로 되풀이하는 단순 반복은 개선의 여지가 없다. 반면에 개선적 반복은 어떤 행위에서 발견되는 문제 상황을 해결하면서 지속하는 것으로 기술의 개선이나 향상을 가져온다.

프랭클린 연습법도 개선적 반복이 가능하도록 설계됐다. '주시하기-따라 하기-개선하기'라는 3단계를 의식적으로 반복하여 연습함으로써 최고의 글처럼 쓰는 능력을 개발한다.

첫 번째 단계인 주시하기란, 잘 쓰인 글을 골라 주의 깊게 읽고 분석하고 연구한다.

모방할 글을 고를 때는 배우려는 글쓰기 스타일이나 기술을 포함하는 것이어야 한다. 그래야 필자가 아이디어를 글로 구현하는 방식, 이 과정에 서 그가 사용한 다양한 방법들을 발견하고 모방할 수 있다.

두 번째 단계인 따라 하기란, 최고의 글을 요약하고 다시 쓰는 것이다.

단락이나 문장을 요약하거나 간단한 힌트만 남기고 글을 덮어 뒀다가 다시 쓴다. 이 과정에서 구조를 변형하거나 단어를 바꾸고, 분량을 줄이거나 늘리는 방법으로 다양한 글쓰기 기술을 체득한다. 잘 읽히는 글, 읽을 만한 글의 특성인 전하려는 바를 명확하게 만들어 내는 연습, 내용을 체계적이고 짜임새 있게 구조화하는 연습, 설득력 강한, 간결하고 명확하게 표현하는 연습을 한다.

세 번째 단계인 개선하기란, 원래의 글과 연습 과정에서 다시 쓴 글을 대조하고 수정하는 작업이다.

주시하기, 따라 하기 단락에서 맹렬한 노력을 했더라도 피드백이 누락되면 '노력'한 기억만 남을 뿐 의식적인 연습이 낳는 의미 있는 결과를 남기기에는 실패한다. 구조, 내용, 표현에 걸쳐 원문과의 차이를 꼼꼼하게 비교하고 검토하며 이 과정에서 걸러지는 자신의 글쓰기 결점과 오점을 개선할 수 있다.

'주시하기-따라 하기-개선하기' 포맷으로 글쓰기 연습을 하면 멘토 글의 프레임에 자신의 메시지를 담아내면서 멘토 글에 대한 통찰이 가능해지고, 멘토의 글쓰기를 배울 수 있다.

"저명한 작가의 글을 모방하며 완벽한 글을 쓰려고 노력하는 사람이 그 작가만큼 탁월한 수준에 이르지는 못할지라도 그런 노력을 통해 글이 나아지며 명쾌하고 읽기 쉬운 글을 써내게 되는 것은 사실이다."

프랭클린은 자신이 고안하고 실험한, 최고를 모방하고 넘어서는 글쓰기 연습법에 대해 아무런 의심이 없었다.

제대로 된 글부터 제대로 읽어라

내가 진행하는 모든 글쓰기와 책 쓰기 강연, 교육, 클래스에서 예외 없이 추천하고 권장하는 글쓰기 연습법이 있다. '신문 칼럼 따라 쓰기'다. 신문 칼럼 따라 쓰기는 멘토 글로 신문 칼럼을 선정하기가 핵심이다. 신문 칼럼은 대중에게 어필하는 토픽을 논리 정연하게 써낸, 잘 쓰인 글의 대표 주자다. 각 분야의 글을 전문적으로 쓰는 것으로나 기자가 쓴 글을 전문적으로 편집하는 것으로나 또 읽힐 만한 글인가를 점검하기로나 신문 칼럼은 멘토 글로 손색이 없다.

신문 칼럼을 주의 깊게 읽고 의식적으로 옮겨 쓰는 연습을 하면 읽힐 만한 글쓰기 기술을 개발하는 데 필요한 모든 것을 배우게 된다. 신문 칼럼을 의식적으로 따라 쓰기 하면 하나의 아이디어를 어떻게 글로 전달하는지, 전달력을 높이기 위해 생각을 어떻게 배열하는지, 설득력 있는 문장을 쓰기 위해 어떤 단어들을 동원하여 어떻게 조합하는지를 알게 된다. 이 과정에서 잘 읽히는 글을 쓰는 감각과 안목을 키운다. 신문 칼럼 따라 쓰기는 읽기 능력과 쓰기 능력을 동시에 향상하는 방법이며, 텍스트와 무한히 친해지는 연습이다.

앞서 이야기했듯이 나는 기업이나 단체로부터 '글쓰기', '책 쓰기', '논리적 사고력' 그리고 '문해력'에 관한 특강, 교육을 요청받는다. 어떤 요청에서든 나는 '잘 쓰인 글 따라 쓰기 연습'을 강력 추천하며 맺는다. '쓰기'와 '읽기'는 시스템으로 작용하며 이를 연결하는 것이 '사고력'이다. 그래서 잘 쓰인 멘토 글, 그중에서도 신문 칼럼을 따라 쓰기 하는 것이 글쓰기와 사고력, 문해력 향상에 최고의 연습법이라고 매번 소리 높여 강조한다.

나의 지론은 플로리다대학교 엘로우리스 더글라스 교수팀이 증명한다. 연구진은 경영대학원생을 대상으로 일주일에 몇 시간이나 글을 읽는지, 자주 접하는 글의 성격과 종류는 어떤 것인가를 물었다. 또 대학원생들이 제출한 과제 글을 분석하여 논리적, 어법 같은 글쓰기 능력을 평가했다. 그리고 결론을 냈다.

'글을 잘 읽어야 잘 쓴다.'

연구 결과에 따르면 학술 서적이나 비평가의 극찬을 받은 수준 높은 문학을 읽는 학생들의 글쓰기 수준이 가장 높았다. 반면 인터넷 글, 잡지 등 가벼운 글을 즐겨 읽는 학생은 어휘력, 긴 문장을 구사하기와 같은 글쓰기 능력이 떨어지는 것으로 드러났다.

"제대로 읽기, 즉 의미를 파악하며 읽는 깊이 있는 독서가 글을 잘 쓰게 한다. 깊이 있는 독서를 할 때 활성화되는 뇌 속 언어 기능을 관장하는 부분이 글쓰기를 할 때도 주로 동원되기 때문이다."

더글라스 교수는 깊이 읽는 연습을 하면 글을 잘 쓰게 된다고 조언했다. 깊이 읽기란 숨은 뜻을 추론하고, 분석하고, 더 깊이 사고하게 만드는 방식이다. 나는 더글라스 교수가 말한 깊이 읽기 방식으로 신문 칼럼이라는 멘토 글을 따라 쓰기만 한 게 없다고 확신한다. 제대로 된 읽기 능력만이 언어 능력을 키우는 단 하나의 비법이라 강조하는 스티븐 크라센 교수의 설명을 다시 들어보자.

"읽기는 좋은 독자, 훌륭한 문장력, 풍부한 어휘력, 고급 문법 능력, 철자를 정확하게 쓰는 능력을 갖출 수 있도록 해 주는 유일한 방법이다."

유능한 독자는 읽기를 통해 무의식적으로 좋은 문체 등 쓰기 영역의 모든 것을 습득하는 것이 가능하기 때문에 잘 쓸 수밖에 없다. 잘 읽으면 어휘력이 향상되어 복잡한 문법 구조를 이해하고 사용하는 능력이 발달하며, 문체가 좋아지고 맞춤법, 띄어쓰기까지 포함한 쓰기 능력이 저절로 발달한다. 크라센 교수가 말하는 유능한 독자는 더글라스 교수가 말한 '깊이 읽을 줄 아는 사람'이다.

깊이 읽을 줄 알면, 읽는 것만으로 글쓰기의 기본인 문장의 원리를 배우고, 한 편의 글을 구성하는 문장, 단락이 어떻게 작용하는지를 배운다. 이렇게 읽을 줄 알면 어떤 글이 좋은지, 그런 글을 어떻게 글을 써야 할지 감각과 안목이 길러진다.

잘 쓴 글에 대한 안목이 갖춰지면 자신이 쓴 글을 독자의 눈으로 읽을 줄 알고, 잘 읽히게끔 고쳐 쓸 줄 안다. 깊이 읽게 되면 고쳐 쓰면서 완성도를 높이는 글쓰기 감각도 키운다. 이러한 '깊이 읽기'는 주의 깊게 읽기다. 눈으로 글씨만 읽는 것이 아니라 주시하며 읽기다. 유능한 독자는 주시하며 읽는다.

신문 칼럼 따라 쓰기의 목표는 '주의 깊게 읽고 이해하기'다. 주의 깊게 잘 읽기 위해서 따라 쓰며 읽어야 한다. 신문 칼럼 따라 쓰기 연습은 3단계로 실행하는데, 이를 3C 연습법이라 한다.

1단계(CHOICE): 멘토 글 선정하기로, 따라 쓰기 할 신문 칼럼을 골라 주의 깊게 읽는다.

2단계(COPY WORK): 멘토 글 따라 쓰기로, 의미 단위로 외워서 쓴다.

3단계(CHECK UP): 원문과 대조하여 수정하기로, 외워 쓴 글과 원래의 글을 비교하며 수정한다.

잘 쓰고 못 쓰고는 그다음, 제대로 썼는가의 문제

미국에서는 초등학교 때부터 논리적 글쓰기를 맹렬하게 가르친다. 21세기 논리적 사고에 강한 미래 인재를 키우겠다는 목표에서다. 논리적 사고력을 키우려면 논리적으로 글을 쓰는 것이 유일한 방법이며, 논리적으로 잘 쓰려면 논리적으로 쓰인 글을 따라 쓰기 하는 것이 최선이다. 신문 기사는 논리적 글쓰기의 대표 선수다. 어떤 주제든 일리 있고 조리 있게 기사로 작성하여 독자를 설득한다.

신문에 실리는 내용 가운데 '칼럼'은 특정인이 화제가 된 이슈에 대해 자신의 의견을 피력하는 종류의 글이다. 나는 신문사 소속 논설위원이 쓴 칼럼을 최고의 멘토 글로 추천한다. 굳이

'논설위원이 쓴 칼럼'이라고 못 박은 것은 일간지 논설위원들은 신문 기자로 단련된 논리 정연한 글쓰기의 명수이기 때문이다.

또한 논설위원들은 정치부, 사회부, 국제부 등 신문사 내 각 부서의 데스크(책임자)를 맡아 기자들이 쓴 글을 데스킹하면서 정치·경제·사회·문화 전반에 관한 전문적 지식을 토대로 트렌디한 이슈에 대해 자신의 의견을 드러내고 설득하는 데 능숙하기 때문이다. 자신의 이름으로 칼럼을 싣기에 신뢰할 만하다.

신문 칼럼이 실리는 프로세스도 논설위원이 쓴 신문 칼럼에 힘이 실린다. 논설실의 협의를 거쳐 논설위원이 칼럼을 쓰면 교정·교열 부서에서 전문적으로 교정을 본다. 내용을 점검하고 표현을 다듬는다. 일간지에 실리는 논설위원의 칼럼은 이러한 절차를 통과한 것으로, 제대로 쓰인 글로서 손색이 없다. 참고로 논설위원은 이런 꼬리표를 달고 있다.

'논설위원 송○○ | 논설주간 송○○ | 논설실장 송○○'

따라서 논설위원이 쓴 칼럼을 따라 쓰면 하나의 메시지를 일리 있고 조리 있게 담아내는 방법을 배운다. 그리고 논리 정연한 전개를 배워 누구나 읽기 쉬운 글을 쓰는 능력을 키울 수 있다. 신문 칼럼은 구하기 수월하고 비용도 따로 들지 않아 글쓰기 연습용 멘토 글로 최적이다.

“문장을 짧게 쓸 것, 첫 문단을 짧게 쓸 것, 활기찬 표현을 사용할 것, 긍정적인 표현을 쓸 것!”

헤밍웨이가 근무했던 캔자스시티 스타 신문사의 문장 지침이다. 동시에 헤밍웨이 소설 문장의 특징이며, 세상의 소설가들이 헤밍웨이로부터 배우려는 문체의 핵심이다. 헤밍웨이는 신문 기사를 쓰며 글쓰기를 업으로 삼았고, 신문 기사를 쓰며 글쓰기를 단련했다. 예나 지금이나 신문 기사는 단순하고 명료하며 정확한 것이 생명이다. 그래야 가독성이 높아지기 때문이다. 이것이 제대로 잘 쓰인 글로 연습하기 위해 신문 칼럼을 따라 써야 하는 이유다.

잘 쓴 글, 못 쓴 글의 기준은 다분히 주관적이다. 하지만 어떤 글이 제대로 쓰였는가를 알아보기란 어렵지 않다. 신문 칼럼은 잘 쓰고 못 쓰고의 여부를 떠나 ‘제대로 쓰인’ 글이다. 신문 칼럼은 한정된 분량으로 설득력 높은 글을 써야 한다는 특성상 ‘의미의 함유율’이 높다. 의미를 전달하는 데 꼭 필요한 그만큼만 표현된 최고로 정제된 글이다. 의미 함유율이 높은 글은 적게 쓰고도 빠르고 정확하게 읽힌다.

신문 칼럼을 따라 쓰기 하면 핵심을 간단명료하게 전달하는 논리적 사고를 배우고, 일리 있고 조리 있게 납득시키기 위해 다양한 글감을 활용하는 방법을 배운다. 오랜 시간 대중적인 글쓰기로 단련된 칼럼니스트(필자)의 사고와 표현 방식을 따라 쓰기하여 내 것으로 만들 수도 있다. 반복적으로 신문 칼럼을 따라 쓰기를 하면 표현하고자 하는 아이디어를 한 편의 글로 빠르게 전달하여 의도한 반응을 끌어내는 글쓰기 로직이 머릿속에 저절로 이식된다.

또한 신문은 가독성을 으뜸으로 치는 매체다. 신문사의 이름으로 발표되는 사설은 당사의 논지를 담은 최고의 글로 1,000자 내외가 기본이다. 또 다른 칼럼을 보면 400자에서 전면까지 다양하다. 하지만 한 번에 읽을 수 있는, 그러면서 논지를 펴기에 적당한 최소한의 분량은 1,500자가량이다. 독자도 바쁘다. 하루 종일 신문만 읽고 있을 수 없지 않은가.

1,500자 분량의 신문 칼럼을 따라 쓰면서 주제를 간단명료하게, 논리 정연하게 표현하는 훈련이 되면 2,400자, 4,800자 쓰기도 어렵지 않다. 1,500자보다 적은 분량의 글은 고수 중의 고수만이 가능하다. 그러니 1,500자 내외 분량의 신문 칼럼을 골라 따라 써 보자.

따라 쓰기 할 신문의 칼럼을 고를 때는 가급적 관심사에 부합하는 내용이 좋다. 관심 없는 내용을 따라 쓰는 데도 고역이다. 평소 자신이 좋아하는 주제를 다룬 글을 골라야 잘 읽고, 잘 따라 쓰게 되지 않을까? 흥미롭게도 따라 쓰기를 시작할 때는 관심 있는 주제가 없었는데, 계속 따라 쓰는 훈련을 통해 자신도 모르게 좋아하는 주제가 생겼다고 반기는 연습생도 적지 않다.

간혹 책을 따라 써도 되냐는 질문을 받는다. 권하지 않는다. 책 내용을 더 잘 이해하기 위해서라면 몰라도 글쓰기를 연습하는 방법으로는 적합하지 않다. 단행본도 나름의 편집 과정을 거쳐 출간되지만, 신문 칼럼처럼 여러 차례 편집 과정을 거치며 오류를 줄이는 데 강박적이지는 않기 때문이다.

제대로 쓰기 위한 일곱 가지 질문과 답변

읽기와 쓰기를 다 잘하고 싶어 하는 사람들을 위해 《최고의 글쓰기 연습법, 베껴쓰기》 책을 출간한 2013년 이후, 나는 누구든 참여 가능한 온라인 연습 공간을 만들었다. 이곳에서 연습생들과 함께 하나의 미션을 함께하고 있다.

'매일 1,500자 내외의 신문 칼럼을 한 편씩 따라 쓸 것.'

신문 칼럼 따라 쓰기를 연습하는 사람들에게서 발견한 오류와 실수에 대한 해결책 그리고 가장 많이 받는 질문들의 답을 공유한다. 각각의 답변을 유념하여 연습한다면 신문 칼럼 따라 쓰기 연습 효과를 200퍼센트 키울 수 있다고 장담한다.

첫 번째, 신문 칼럼을 꼭 종이 신문에서 골라야 하나요?

당신은 지금 신문 칼럼 따라 쓰기로 글쓰기 기술을 습득하려 연습하는 중이다. 신문 칼럼 따라 쓰기 효과는 종이 신문에서 멘토 글을 고를 때부터 발휘된다. 종이 신문에서 칼럼을 고르다 보면 칼럼의 배경이 될 만한 기사도 동시에 접하게 된다. 따라 쓰기 하는 내용의 배경을 이해하는 데 도움이 된다.

또한 같은 칼럼이라도 인터넷과 종이 신문 레이아웃이 다르다. 인터넷에 실린 칼럼은 단락 구분이 분명치 않지만, 지면에 실린 칼럼은 한편의 글이 4~5단락으로 레이아웃되었음을 한눈에 인식한다. 이렇듯 종이 신문에서 칼럼을 고르면 단락 쓰기의 중요성을 의식하게 되고 이메일이나 온라인에서 글을 쓸 때 전달력이 높은 글을 쓸 수 있다. 종이 신문에서 칼럼을 오려 내 따라 쓰면 온라인에서 할 때보다 집중이 더 잘 된다.

두 번째, 따라 쓰기 할 신문 칼럼의 분량을 1,500자로 제한하는 이유가 무엇인가요?

여기서 말하는 1,500자 내외의 분량이란 3분 내외로 읽을 수 있는 분량이다. 사람은 3분 이상 집중하기 힘들다. 1,500자는 하나의 주제에 대해 쉬지 않고 한 번에 읽을 수 있는 가장 긴 분량이다. 요즘처럼 글을 의미 단위로 읽기보다 이미지처럼 뭉텅이로 '보기만' 하는 습관이 지배적일 때는 한 번에, 한눈에 하나의 메시지를 보여 줄 수 있어야 한다.

1,500자 내외의 신문 칼럼을 따라 쓰면 핵심을 빠르게 전하는 글을 쓰기 위해 무엇을 하면 되는가를 배운다. 이보다 짧은 글은 더욱 수준 높은 글쓰기 실력이 요구되므로 글쓰기 연습용으로는 적당하지 않다.

세 번째, 보고서 잘 쓰고 싶은 직장인인데, 신문 칼럼 따라 쓰기가 도움이 될까요?

문서 작성이든 SNS나 이메일 쓰기든 글쓰기에서 중요한 것은 형식이나 채널이 아니다. 내가 쓴 글을 독자가 빠르게 읽고 내가 원하는 방향으로 움직이게 할 수 있느냐가 관건이다. 신문 칼럼의 핵심인 논리성을 습득하면 무슨 글이든 잘 쓰게 된다.

네 번째, 맞춤법이 엉망인데 따라 쓰기로 좋아질까요?

물론이다. 맞춤법 실력을 향상하는 데 따라 쓰기 만한 게 있을까. 맞춤법은 성공을 가로막는 사소한 잘못 가운데 1위로 꼽힐 정도로 중요한 요인이다. 입사 지원서나 자기소개서 등에서 맞춤법이 틀리면 검토도 하지 않는다고 한다. 맞춤법을 알려 주는 앱도 있다지만, 쓸 때마다 맞춤법을 확인하다 보면 도움은커녕 방해만 된다.

신문 칼럼 따라 쓰기를 통해 가장 빨리 성과가 드러나는 것이 맞춤법과 띄어쓰기다. 신문은 최고 전문가 집단의 창조적 협업의 산물로, 표기 문법에 맞는 문장 표현에 관한 한 신문을 따를 매체가 없다. 신문사마다 막강한 어문 관련 전문가 집단이 '단어가 적절하게 선택됐는가, 문장의 호응 관계가 바른가, 정확하고 적절한 문장인가' 같은 문맥에 맞는 바른 문장과 바른 표기에 심혈을 기울인다. 어쩌다 한 번씩 오탈자로 인해 '바로 잡습니다'라는 사고를 보는데, 이런 사고가 나갈 때마다 관련 부서는 쥐구멍을 찾을 만큼 엄격하게 관리된다.

예를 들어 '~든지'와 '~던지'는 여간해서 구분하기 힘든 표기법 중의 하나인데, 신문 칼럼에는 두 사례가 흔하다. 이런 경우 해당 표현이 포함된 문장을 아예 외워 버리면 다시는 틀리지 않고 표기할 수 있다. "일본 측과 협의를 하든지 양자적으로 하든지… 하게 된다"라는 문장을 외우면 양자택일을 의미할 때는 '~든지'임을 "일본 측과 협의를 했던지 유야무야되었다"라는 문장을 외우면 과거를 회상하는 뜻일 때는 '~던지'임을 확실히 기억할 수 있다.

다섯 번째, 손으로 써야 하나요? 타이핑하면 안 되나요?

2013년, 내가 따라 쓰기를 권하는 책을 출간하자 단번에 따라 쓰기 붐이 일었다. 손 글씨 쓰기의 유행도 가져왔는데, 그러자 "따라 쓰기를 꼭 손으로 해야 하나요?"라는 질문을 더욱 많이 받았다. 내 답은 이렇다.

"따라 쓰기는 글씨 쓰기 연습이 아니다. 그러니 소통을 위해 평소에 주로 하는 방법으로 따라 쓰기를 연습하라. 글씨 쓰기 연습이면 몰라도, 매일 1,500자 내외의 글을 일일이 손으로 따라 쓰기 하는 것은 고역이다."

여섯 번째, 따라 쓰기 연습은 얼마나 오래 해야 하나요?

일단 시작하면 66일은 지속적으로 해야 한다. 런던대학교 제인 워들 교수팀은 인간의 반복 행위가 반사 행동으로 정착되는 기간을 알아보는 실험을 했다. 그 결과 평균 66일간 특정 행위를 반복하면 대단한 결심이나 의지가 없더라도 그 행위를 습관화시킨다는 결론에 도달했다.

습관에 관한 책들을 보면 21일만 하면 된다고 하는데, 21일만에 습관이 정착된다는 근거는 찾지 못했다. 그러니 일단 시작했다면 66일을 계속해 보자. 66일 이후에는 또 66일을 하고 그

다음에 또 66일을 하고…. 이렇게 66일이라는 기간을 반복하다 보면 절대 그만둘 수 없는 습관으로 정착될 것이다.

일곱 번째, 따라 쓰기 연습에서 꼭 지켜야 할 규칙이 있다면?

신문 칼럼을 따라 쓰기 할 때 칼럼 제목, 글쓴이의 소속과 이름, 해당 글이 실린 신문과 일자를 반드시 표기한다.

내 글의 약점은 다시 쓰고 나서 드러난다

프랭클린은 글쓰기 기술을 습득하기 위해 글쓰기 전체 프로세스를 부분으로 나누고, 각 부분마다 약점을 파악하여 약점을 개선하는 데 필요한 연습을 각각 시도했다. 구체적으로는 잘 쓰인 글을 골라 자신의 언어로 다시 썼다. 그런 다음 원문과 대조하여 차이를 확인하고 잘못과 실수를 바로잡았다. 이 과정에서 잘 쓰인 글의 레시피가 정신에 각인됐고, 글을 쓸 때 이 레시피를 발휘하여 쓸 수 있었다. 이것이 프랭클린의 글쓰기 비법이다.

이번에는 멘토 글에 쓰인 기법을 온전히 나의 것으로 만드는 '다시 쓰기 연습'이다. 잘 쓴 글을 따라 쓰고, 그 글에 대한 힌트만 남긴 다음 글이 잊히기를 기다렸다가 힌트만으로 원문을 복원하는 작업이다. 이렇게 의식적으로 연습을 하면 연습한 흔적이 내면에 고스란히 남는다. 글을 쓸 때 이 흔적이 동원되어 멘토 글처럼 쓸 수 있게 된다.

• 주시하기

① 멘토 글을 선택하여 주의 깊게 읽는다.

② 멘토 글의 요점을 메모한다. 핵심 단어와 문장으로 글에 관한 힌트를 남긴다.

③ 원문을 기억하지 못할 때까지 둔다.

• 따라 하기

④ 원문을 다시 쓴다. 요점과 기억에 의존하여 원문을 복원한다. 원문대로 복사하는 것이 아니라 해당 내용을 자신의 언어로 다시 쓴다.

• 개선하기

⑤ 자신이 쓴 글과 원본을 비교하며 살핀다. 원문과의 차이를 분석하여 자신의 글쓰기가 보완해야 할 점을 확인한다.

⑥ 취약한 부분을 개선하기 위한 특정한 연습 방법으로 의식

적으로 연습한다.

프랭클린은 멘토 글을 다시 쓰고 원문과 대조하는 과정을 통해 자신에게 부족한 글쓰기 기술을 발견하고 개선했다. 자신의 언어로 복원한 글과 원문을 비교하며 내가 실수한 부분을 찾아 바로 잡았다. 이 과정에서 어휘력이 부족하면 적절한 단어를 순간적으로 기억해서 사용하는 능력이 없다는 것을 알게 됐다. 다시 쓰기 연습을 하면 자신의 글쓰기 기술을 정확히 분석하고 이해하여 약점, 결점을 찾아내 글쓰기 도전 목표를 만들게 된다.

다음에 소개할 방법들은 그 도전을 도와줄 세부적인 글쓰기 연습 방법들이다.

샘플을 찾아라
그리고
갈아 끼워라

나는 책 쓰기 코칭을 하며 예비 저자가 책으로 쓰려는 아이디어를 명확하게 하고 심화하여 내면화하도록 돕는다. 이때 샘플글을 찾아 내용을 내 것으로 갈아 끼우는 '카피 앤 체인지 기법'이 더없이 유용하다.

"글쓰기 교육에서는 제목이나 문장 쓰기를 중심으로 한 표현 기술을 주로 가르쳐 왔다. 그러나 핵심을 빠르게 전하는 쓸거리를 제외하면 글쓰기에서 의미 있는 것은 없다. 그러므로 글쓰기 교육을 제대로 하려면 쓸거리 만드는 방법부터 배우게 해야 한다. 이 책은 하버드대학교 학생들이 배우는 쓸거리 만드는 비법인 논리적 글쓰기를 다룬다."

이 내용은 《150년 하버드 글쓰기 비법》 책의 핵심을 이루는 서사다. 이 내용은 미국의 유명한 작법 선생이자 할리우드 극본가인 도브잔스키 선생이 제안한 서사 공식으로 작성했는데, 카피 앤 체인지 기법을 활용하면 누구라도 이 같은 서사를 만들 수 있다. 먼저, 샘플 글에서 기본 뼈대를 분리한다.

( )서(해당 분야) 지금까지는 이러저러했다. ( )를 제외하면 ( )에서 의미 있는 것은 아무것도 없다. 그러므로 이제 ( )야 한다.

이 뼈대에 내용을 바꿔 끼운 사례다.

→ 워킹 우먼의 커리어 개발 콘텐츠는 커리어를 이어 가는 노하우에만 초점이 맞춰졌다. 그런데 워킹 우먼의 커리어 전략에서 자기 성찰을 제외하면 다른 것은 부수적이다. 워킹 우먼이 자기 성찰을 통해 자신에 대한 이해에 완벽하게 도달할 때 회사를 떠나든 머물든 전략적인 선택을 할 수 있다.

• 주시하기

멘토 글을 골라 주의 깊게 읽는다. 멘토 글의 메시지, 내용, 구조, 스타일을 완전히 이해할 때까지 여러 번 읽는다. 글쓴이가 메시지 전달을 위해 사용한 논리와 논리적 전개에 맞춰 동원한 자료들을 하나하나 살피며 읽는다.

• 따라 하기

글의 뼈대는 남기고 내용을 갈아 끼운다. 원문에 실린 글쓴이의 생각과 아이디어와 경험을 내 생각, 아이디어, 경험으로 갈아 끼운다.

"처음 6개월 만에 리드 칼리지를 중퇴했지만, 실제로 그만두기 전에 18개월 정도 더 중퇴생으로 머물렀습니다."

이 구절은 스티브잡스가 스탠퍼드대학교 졸업식에서 한 연설문의 일부다. 이 구절을 갈아 끼우면 이렇게 바꿀 수 있다.

→ "첫 잡지사에 취업하고 한 달도 채우지 못하고 도망쳤지만, 나는 십수 년이나 여성 잡지를 만들었습니다."

이건 내 경우다. 누군가는 이렇게 내용을 갈아 끼울 수 있을 것이다. 다음은 챗GPT가 바꿔 준 내용이다.

→ "첫 직장에 취업한 지 6개월 만에 퇴사했지만, 완전히 이직하기 전에 업계에 1년 더 머물렀습니다."

내용을 갈아 끼운 다음에는 내 언어로 다시 표현한다. 말이나 글에는 그 사람만의 특성이 있으므로 내가 만든 내용을 내 언어로 다듬는 과정이 필요하다. 표현을 다듬다 보면 내용이 진화되기도 한다.

→ "기자의 직함으로 처음 입사한 자동차 잡지사에서는 한 달도 못 채우고 도망쳤다. 하지만 이후 여성 잡지사에서 일한 십수 년은 나의 핵심 커리어를 만들기 충분했다."

• 개선하기

전문가나 동료에게 바꿔 쓴 글을 보여 주고 피드백 받는다.

의도한 바를 누락하지 말고 바꿔라

프랭클린 글쓰기 연습 키워드는 모방이다. 단순한 모방이 아니라 모방을 통해 자신의 글쓰기 스타일을 만들었다. 프랭클린은 그는 잘 쓰인 작품들을 읽고, 자신의 문장과 단어로 다시 썼다. 이 작업을 통해 매끄럽게 잘 읽히는 글쓰기 방식을 내면에 새겼다.

이번에 소개하는 멘토 글을 내 표현으로 바꿔 쓰기는 앞에 소개한 카피 체인지 기법과 유사하다. 원문을 바꿔 쓰는 방법이라는 점에서 비슷하지만, 결정적인 차이가 있다. 카피 앤 체인지 기법은 멘토 글의 구성 요소와 스타일을 모방하며 배우는 방법이다. 뼈대를 남기고 알맹이를 갈아 끼워 멘토 글과는 전혀 다른 내용을 만드는 것이다. 반면 바꿔 쓰기는 같은 내용을 유지하면서 표현을 다르게 바꾸는 것이다.

멘토 글을 내 표현으로 바꿔 쓰기는 '원문의 단어나 구절에 지나치게 얽매이지 않고 전체의 뜻을 살리어 바꾼다'는 의미로 '의역하기'로도 불린다. 프랭클린 글쓰기 연습법의 주된 방법이 바로 이 '멘토 글 바꿔 쓰기'다. 이 방법으로 연습함으로써 프랭클린은 글에 담긴 아이디어의 전개 방식, 내용을 조직하는 방법, 다양한 표현력을 배우고 개선했다. 프랭클린 글쓰기 연습의 핵심 솔루션, 패러프레이징을 연습하자.

• 주시하기

멘토 글을 따라 쓰기 한다. 의미 단위별로 내용을 기억한다. 기억한 내용을 내 문장으로 다시 쓴다.

• 따라 하기

패러프레이징 연습 가이드라인이다. 이 조건에 부합하도록 바꿔 쓰기 한다.

① 핵심 메시지를 드러낸다.

② 내용에 중복이 없어야 하고 누락도 없어야 한다.

③ 문장, 단어를 바꿔 표현을 다르게 한다. 단어 한두 개를 동의어로 바꾸는 정도가 아니라 모든 표현을 바꾼다.
④ 직접 인용은 간접 인용으로 바꾼다.
⑤ 주장을 뒷받침하는 데이터와 예시, 사례도 바꾼다.
⑥ 바꿔 쓴 글은 그 자체로 한 편의 글로 완성도가 높아야 한다.

플랭클린이 쓴 《부자가 되는 길》에 실린 한 구절이다.

"시간이 무엇보다도 소중하다면, 잃어버린 시간은 다시는 찾을 수 없기 때문에 시간을 낭비하는 것이 가장 큰 낭비임에 틀림없습니다. 그리고 우리가 충분한 시간이라고 부르는 것은 항상 충분하지 않다는 것을 증명합니다."

이 내용을 패러프레이징 하도록 챗GPT에게 주문했다.

→ "시간이 우리의 가장 가치 있는 자산이라면, 한 번 지나간 시간은 결코 되찾을 수 없기 때문에 시간을 낭비하는 것은 궁극적인 손실입니다. 우리가 흔히 충분한 시간이라고 생각하는 것은 결국 필연적으로 부족합니다."

한 문장도 같은 표현은 없지만 내용이나 핵심 메시지는 그대로다.

• 개선하기

바꿔 쓰기 한 내용과 원문을 대조하여 비교한다. 다음 항목을 체크한다.

① 핵심 메시지가 그대로 전달되는가.

② 중복 누락되는 부분이 없는가.

③ 겹치는 표현이 없는가.

핵심만 남기고 모두 지워라

배우 브래드피트가 출연한 영화 〈흐르는 강물처럼〉 도입부는 아버지에게 글쓰기를 배우는 두 아들의 모습으로 시작한다. 아들들이 글을 쓰면 아버지는 내용을 절반으로 줄이라고 지시한다. 이렇게 서너 번 줄여 쓰기를 하여 글의 분량이 처음보다 4분의 1 정도로 줄어들면 그날의 글쓰기 수업이 끝난다. 목사인 아버지는 줄여 쓰기 연습을 통해 아들들에게 글쓰기 홈스쿨링을 완성했다. 아들들은 각각 작가와 기자로 성장했다.

글을 잘 쓰는 사람은 간결하고 명확하게 쓴다. 프랭클린처럼. 글을 잘 쓰지 못하는 사람일수록 장황하고 중언부언하기 일쑤다. 줄여 쓰기 연습은 글로 쓴 내용을 더 간결하게 더 효과적으로 전달하기 위해 다시 쓰는 작업이다. 분량을 절반으로 줄여야 하므로 일차적으로는 불필요한 내용을 삭제한다. 불필요한 단어, 중복된 문장도 지운다. 줄여 쓰기에 익숙해지면 분량 맞추기가 중요하게 작용하는 입시용이나 입사용 글쓰기에 크게 유리하다.

나는 글을 잘 쓰기 위한 연습법 가운데 따라 쓰기를 최고로 친다. 따라 쓰기를 위한 세부적인 연습 방법으로는 줄여 쓰기에 가장 큰 점수를 준다. 내용을 중언부언 늘여 쓰기는 누구든 가능하지만, 줄여 쓰기는 비판적 사고력과 수준 높은 글쓰기 실력을 요구하기 때문에 아무나 할 수 없다. 글을 줄여 쓰는 데는 글쓰기로 소통하려는 상황에 대한 예민한 인식, 글로 쓰려는 내용에 대한 정확한 파악, 100줄의 문장을 두어 마디로 콕 집어낼 수 있는 표현력 그리고 이 모든 것을 가능하게 하는 시간과 고도의 집중력을 필요로 하기 때문이다.

• 주시하기

멘토 글을 골라 전문을 따라 쓰기 한다. 내용을 주의 깊게 읽고 전체적인 흐름을 파악한다. 핵심 단어와 핵심 내용을 담은 문장을 찾아 주제를 파악한다. 주제를 뒷받침하는 근거들을 찾는다. 주장을 증명하는 이유와 근거, 사례와 예시 등이다.

• 따라 하기

내용과 주제를 파악한 다음 줄여 쓰기에 돌입한다. 핵심 내용에서 벗어나는 필요 없는 문장, 단어, 구절을 줄이거나 없애는 것이 우선이다. 줄이기 작업을 두 번하여 25퍼센트 수준으로 줄인다.

내용을 줄여 쓰는 데 핵심은 내용의 일부를 덜어내는 것이 아니다. 글로 전하려는 핵심과 의미가 손상되지 않고 빠르게 전달되게 핵심 위주로 내용을 재구성하는 것이다. 필요하지 않거나 중복된 내용을 없앤다. 문장 역시 간결하게 정리한다. 문장 한 줄 한 줄을 검토하여 결합하고 불필요한 반복을 없앤다. 특히 문장이 길어지게 만드는 수동적인 표현은 능동형으로 고친다. 형용사나 부사 등 수식어는 꼭 필요한 경우가 아니라면 삭제한다.

• 개선하기

원문을 쓴 이의 의도와 핵심 메시지가 훼손되지 않고 줄여 썼는가를 확인한다.

① 줄여 쓰기 한 내용을 소리 내어 읽으며 당초 파악한 핵심

내용이 그대로 담겼는지 확인한다.

② 줄여 쓴 내용 그대로 주제 전달이 가능한지 살핀다.

③ 문장이 간결하고 명확한지 확인한다.

④ 불필요한 내용이 더 이상 없는지 살핀다.

⑤ 글쓰기 수업 동료의 의견과 전문가의 피드백, AI의 도움을 받는다.

• 줄여 쓰기에 대한 AI 도움 받기

① 생성형 AI 프롬프트에 원문과 줄여 쓴 내용을 입력한다.

② 줄여 쓰기를 제대로 했는지 평가를 요구한다.

③ 평가받은 대로 줄여 쓰기 내용을 수정한다.

뼈대 없는 글은 무너지기 쉽다

잘 읽히지 않는 글은 단어만 많다. 글로써 하고 싶은 말이 무엇인지가 분명하지 않다. 핵심 뼈대 없이 이런저런 생각을 쏟아내고, 좋다는 내용을 긁어모은 것이니 그럴 수밖에 없다. 단어로 채워졌으니 글 같지만, 글 쓴 의도를 달성하지 못하니 글이 아니다. 글을 잘 쓰는 사람은 수월하게 쓰고, 글쓰기가 수월한 사람들은 글의 개요인 뼈대부터 세운다. 그런 다음 관련된 내용으로 뼈대가 만든 공간을 채운다.

이번에 소개하는 글쓰기 연습은 멘토 글에서 짜임새 있는 개요 세우기를 배운다. 멘토 글의 뼈대를 분해하여 재조립하는 방법이다.

매일 한 편의 글쓰기. 이것이 내가 진행하는 글쓰기 수업의 필수 미션이다. 매일 쓰기 미션을 위해 설득하는 글쓰기, 공감하는 글쓰기에 적합한 포맷을 제공한다. 연습생이 매일 글을 쓰면 나는 그 글을 매일 피드백한다. 포맷을 제공했음에도, 포맷에 맞춰 썼다는데도 '순살 글'이다. 뼈대 없이 단어만 채운 읽기 힘든 글이다. 이런 글을 만나면 나는 역방향 개요를 만들라 권한다.

역방향 개요 만들기란, 완성된 글을 해체하여 개요만 남기는 것이다. 글쓰기에서 개요 만들기는 글을 쓰기 전 아이디어를 어떤 식으로 전개할지 흐름을 정하는 것이다. 역방향 개요 만들기는 완성된 글이 어떤 식으로 아이디어를 전개했는지 확인하는 작업이다. 멘토 글의 단락을 한 문장으로 정리하면 멘토 글의 개요가 한눈에 보인다.

• 주시하기

멘토 글을 주의 깊게 읽는다. 따라 쓰기 한 글을 다시 읽으며 단락마다 핵심 내용, 주장을 적는다.

• 따라 하기

역방향 개요부터 만든다. 단락마다 핵심 내용을 메모하여 개요 템플릿에 써넣는다. 독자를 논리 정연하게 설득하는 글이라면 오레오(OREO) 템플릿으로 역방향 개요를 만든다.

오레오 템플릿은 설득력이 탄탄한 글을 쓰게끔 만들어진 논리적 글쓰기 공식이다. 네 줄 오레오 템플릿은 역방향 개요 작성을 수월하게 한다.

① Opinion(주장): 핵심 주장을 한 문장으로 쓴다.
② Reason(이유): 주장을 뒷받침하는 이유와 근거를 쓴다.
③ Example(사례): 주장을 뒷받침 하는 사례나 예시를 쓴다.
④ Opinion(방법 제안): 무엇을 어떻게 하라는 내용을 쓴다.

3찰 템플릿은 공감형 글쓰기를 위한 개요 공식이다. 역방향 개요를 잡을 때 사용하면 요긴하다. 독자와 경험을 공유하며 공감하기를 목표한 글이라면 3찰 템플릿을 사용한다.

① 관찰하기: 원문에 담긴 관찰 내용을 정리한다. 관찰 내용이란 필자가 체험한 내용, 언급한 사실, 자료 등을 말한다.
② 성찰하기: 관찰 내용을 토대로 필자가 생각하고 느낀 것을 정리한다.
③ 통찰하기: 관찰과 성찰 과정을 통해 궁극적으로 필자가 전하려는 메시지를 정리한다.

이렇게 역방향 개요를 만든 다음, 내용이 잊힐 때까지 기다린다. 내용이 잊힌 다음, 앞서 만든 그 개요대로 글을 작성한다. 원문을 참고하지 않고 작성한 역방향 개요에만 의지하여 글을 쓴다.

• 개선하기

역방향 개요로 완성한 글과 원문을 비교하여 차이를 살핀다. 만일, 원문에 비해 새로 작성한 글의 흐름이 원문과 크게 차이 난다면 그 원인을 살펴 분석한다. 글쓰기 수업 동료의 의견과 전문가의 피드백, AI의 도움을 받는다.

육하원칙은 정신적 문법이다

연습생이 글을 쓰고 그 글에 피드백하는 글쓰기 수업에서 내가 가장 많이 질문하는 것은 무엇일까?

'누가요?, 왜요?, 무엇을요?'

'언제요?, 어떻게요?, 어디서요?'도 자주 묻는다.

연습생이 쓴 문장에서 가장 많이 누락되는 것이 육하원칙이다. 육하원칙의 요소들이 문장의 기본을 형성한다. 문장이 부실하면 의미를 빠르게 전달할 수 없다. 글을 쓴 다음 이런 질문을 받는다면 글쓰기에 실패했다는 증거다.

교육 심리학 분야 대가로 손꼽히는 레프 비고츠키는 이러한 증상은 글쓰기의 문제가 아니라고 말했다.

"시간관념이 없으면 '언제'라는 표현을 쓰지 않고, 장소 관념이 없으면 '어디서'라는 표현을 하지 못하며, 인과 관념이 없으면 '왜'라는 표현을 사용하지 않는다."

나는 비고츠키의 주장에 격렬하게 동의한다. 육하원칙이 누락된 문장을 쓰는 사람은 평소 말을 할 때도 '누가요?, 왜요?, 언제요?'를 자주 묻게 한다는 것을 흔히 경험했기 때문이다. 글을 쓸 때 '누가, 무엇을'이라는 주체와 객체 관념, '언제, 어디서'라는 시간과 장소 관념, '왜'라는 '인과 관념'과 '어떻게'라는 수단 관념 없다면 '읽을 만한 글'이 나올 리 없다.

육하원칙이 명확하게 드러난 글이 독자의 입장에서 가장 잘 쓴 글이다. 육하원칙은 어떤 내용이든 독자가 빠르게 받아들이도록 정리하여 표현하는 최고의 도구다. 문제는 누가, 언제, 어디서, 무엇을, 왜, 어떻게라는 하나하나의 개념이 글쓴이의 정신에 없다면 글로도 표현될 수 없다는 것이다.

어떻게 해야 할까? 비고츠키에게 해결책을 구해 보자. 그는 아이들의 경우를 예로 들어 설명한다.

"아이들이 자라면서 언제, 어디서, 왜라는 표현을 사용하는데, 경험을 통해서가 아니라 '언어를 통해서' 그런 능력들을 획득한다."

요컨대, 의도적으로 육하원칙을 바탕으로 글을 쓰면 육하원칙이라는 정신의 틀이 뇌에 새겨진다는 것이다. 따라서 육하원칙의 여섯 가지 요소를 갖춰 글쓰기를 연습하는 것만으로 합리적이고 상식적인 정신 활동이 가능하게 된다.

미국 워싱턴대학교 명예 교수인 신경 생리학자 윌리엄 캘빈은 육하원칙을 '정신적 문법'이라 부른다. 육하원칙을 토대로 쓰인 글, 신문 칼럼을 골라 육하원칙의 여섯 가지 요소를 분석하는 연습을 한다.

• 주시하기

신문 칼럼에서 멘토 글을 선정하여 따라 쓰기 한다.

• 따라 하기

따라 쓰기 한 내용을 육하원칙으로 분석한다. '누가, 언제, 어디서, 무엇을, 왜, 어떻게'를 일일이 표시한다. 표시한 여섯 가지 요소에 걸쳐 핵심을 추려 정리한다. 내용을 잊을 만큼 시간이 흐르면 정리해 둔 육하원칙만으로 원래의 칼럼처럼 쓴다.

• 개선하기

육하원칙에 의지하여 새롭게 쓴 글을 원래의 칼럼과 비교하여 분석한다. 원래 칼럼대로 수정하고 보완하여 자신의 글에서 부족한 점을 확인한다.

완전한 문장을 쓰고 싶다면 해부하라

한 편의 글을 구성하는 최소한의 단위는 문장이다. 문장은 의미를 전달하는 최소한의 단위다. 의미를 완전하게 전달하려면 완전한 문장을 써야 한다. 완전한 문장에는 이런 기본 규칙이 있다.

① 완전한 문장에는 주어와 술어가 있다. 주어는 문장의 주체다. 문장의 주체인 주어가 무엇을 했는지, 어떤 상태인가를 보여 주는 것이 술어다.
② 완전한 문장은 마침표, 느낌표 또는 물음표로 끝난다. 어떤 식으로 끝나든 문장은 하나의 생각을 완전하게 표현한다.

③ 문장이 불완전하면 의미 전달에 실패한다. 잘 읽히지 않고 글 쓴 의도를 달성하지 못한다.

문장 요소를 갖춰 완전한 문장을 쓰는 사람이 많지 않다. 문장 요소를 생략하고도 의미 전달이 되는 우리말의 특성 때문이기도 하지만, 완전한 문장 쓰기가 글쓰기에서 가장 중요한 규칙임을 모르기 때문이라고 나는 생각한다. 독자가 읽을 만한 가치가 있는 글을 쓰려면 완전한 문장을 써야 한다. 이것이 글쓰기에서 가장 중요한 규칙이다.

윈스턴 처칠은 명연설가이자 베스트셀러 작가다. 무려 노벨문학상을 수상했다. 그런 그도 고등학생 때까지 낙제할 만큼 공부에 신통치 않았다. 그를 명연설가에 명문장을 쓰는 정치인으로 거듭나게 한 것은 그에게 탄탄한 문장력을 갖게 도운 글쓰기 선생님 소머벨 덕분이다.

프랭클린이 자신의 성공은 글쓰기 기술을 연마한 덕분이라고 단언하듯, 처칠 역시 글쓰기 능력이 향후 성공에 중요한 역할을 했다는 사실을 자주 언급했다. 처칠에게 글쓰기를 가르친 소머벨 선생님은 문장 쓰기에만 집중했다. 문장 쓰기에 강해지게 만드는 연습 방법은 문장 해부하기였다. 소머벨 선생님은 처칠에게 문장을 읽으면서 검은색, 파란색, 빨간색, 녹색 잉크로 각각 주어와 동사 목적어 그리고 형용사, 부사 등의 역할을 하는 종속절을 표시하며 읽게 했다.

이렇게 문장을 요소별로 분석하는 것만으로 영어 문장의 기본 구조를 훤히 파악하고, 문장을 쓸 때도 이러한 구조를 이용하여 쓰게 된다. 이러한 문장 해부 연습은 내용을 주의 깊게 읽는 효과까지 준다. 처칠의 글쓰기 능력은 문장을 자유자재로 다루는 것에서 시작됐다. 처칠처럼 노벨문학상을 타게 될지도 모를, 문장 해부 연습을 해 보자.

• 주시하기

문장이 어떻게 쓰였는지 모르면서 문장을 쓸 수는 없다. 간결하고 명확한 문장을 경험하지 않은 사람은 깔끔한 문장을 쓸 수 없다. 간결하고 명확하게 쓰인 멘토 글의 문장을 한 줄 한 줄 분석하며 읽는 것만으로 이러한 문장을 만들 수 있다. 그리고 멘토의 글을 따라 쓰기 한다.

• 따라 하기

따라 쓰기 한 멘토 글의 문장을 한 줄 한 줄 분석한다. 주어, 술어, 목적어, 수식어를 찾아 표시하며 문장을 일일이 해부한다.

나는 두툼한 번역서를 읽을 때 연필부터 잡는다. 문장마다 주어와 술어를 표시한다. 동그라미로 표시한다. 그런 다음 주어와 술어에 관계된 종속절을 표시한다. 주어와 술어를 표시하는 것만으로도 문장이 금방 파악되고, 문장이 파악되면 이해가 빨라진다. 내용이 더 잘 기억된다.

• 개선하기

글 한 편의 해부가 끝나면 멘토 글을 분석해 보자. 멘토 글의 문장은 단문이 많은지, 복문 위주인지, 문장 요소를 갖춰 쓴 완전 문장인지, 생략된 요소가 많은지, 수식어가 많은지 아닌지. 이렇게 살펴보다 보면 멘토의 글쓰기 성향을 파악하게 된다.

이유 없이 쓰는 단어와 부호는 없다

웹이나 스마트폰으로 읽고 쓰는 요즘 사람들은 읽지 않는다. 순간 인식한다. 장황한 글, 애매한 문장은 '순삭' 0순위다. 프랭클린은 스마트폰도 없던 1710년대에 순간 인식되는 글쓰기를 욕심냈다.

매끄럽게 읽히는 글은 기본적으로 논리적이다. 단어 하나하나가 그 자리에 있어야 할 이유가 있다. 다시 말하면 어느 문장에 반드시 있어야 할 이유가 없는데도 등장한 단어나 부호는 읽기를 방해한다. 이런 단어들 때문에 문장이 매끄럽지 않다. 그러므로 매끄러운 문장 쓰기는 불필요한 단어를 없애야 한다.

문장 속 불필요한 단어를 '필러 워드(Filler words)'라고 한다.

필러 워드는 의미 전달과는 무관한 구절이나 단어로 쓸데없이 여백을 채운다 하여 필러라 불린다. 한마디로 쓰는 사람 손에서 삭제해야 할 잡동사니다. 필러 워드를 삭제하면 더욱 간결하고 명료하게 문장을 쓸 수 있다. 있어야 할 이유가 없다면 마침표, 부호 하나라도 없애야 매끄럽게 읽힌다. 이 작업을 문장 밀도 높이기 연습이라고 한다.

프랭클린이 25년 동안이나 펴낸 《가난한 리처드의 연감》은 그에게 많은 부와 명성을 안겨 줬는데, 달력에 소개한 조언이나 격언이 인기의 원인이었다. 조언과 격언은 오랫동안 유럽에서 전승된 것으로, 군말이 더덕더덕 붙어 전혀 매끄럽지 않았다. 프랭클린은 이 조언들을 말하기 쉽고 기억하기 쉽게, 즉 매끄럽게 고쳐 수록했다. 고밀도 문장이 탄생했다.

'신선한 생선과 막 도착한 손님들도 냄새가 나기 시작한다. 하지만 3일이 지나서야 그렇다.'

이 영국의 조언을 이렇게 고쳤다.

→ '생선과 손님은 3일이면 냄새가 난다.'

또 이런 격언이 있었다.

'셋 가운데 둘이 없어지면 셋은 비밀을 지킬 수 있다.'

프랭클린 손에서 이렇게 매끄러워졌다.

→ '셋 가운데 둘이 죽어야 비밀이 지켜진다.'

프랭클린은 간결하고 명확하면서도 의미 전달은 더욱 확실한, 의미 함유율이 높은 글을 썼다.

• 주시하기

멘토 글을 주의 깊게 읽으며 문장마다 핵심 단어를 메모한다. 멘토 글이 잊히기를 기다렸다가 핵심 단어만으로 멘토 글을 복원한다.

• 따라 하기

첫 번째, 복원한 멘토 글의 문장들이 매끄럽게 읽힐 수 있도록 고쳐 쓴다.

복원한 글을 주의 깊게 읽으며 문장 속 필러 워드, 잡동사니들을 표시하고 삭제 한다.

'프랭클린은 글을 잘 쓰면 원하는 일을 하며 살 수 있다고 믿는 경향이 있었다.'

여기서 '경향'은 쓸데없는 단어다. 버리자.

→ '프랭클린은 글을 잘 쓰면 원하는 일을 하며 살 수 있다고 믿었다.'

두 번째, 과잉 친절은 지양하자.

'다시 말하거니와 프랭클린은 10대에 글쓰기 연습을 했다.'

혹시 모를까 봐 '다시 말하거니와'라고 친절을 베푼다. 필요 없다. 버리자.

→ '프랭클린은 10대에 글쓰기 연습을 했다.'

세 번째, 괄호나 콜론, 세미콜론도 잡동사니다. 삭제하거나 문장으로 풀어쓴다.

'프랭클린은 필라델피아의 현인(워런 버핏이 오마하의 현인이라 불리듯)이라 불렸다.'

굳이 괄호 속에 넣어야 할 이유가 있을까? 복잡하기만 하다. 풀어쓰면 매끄럽다.

→ '프랭클린은 필라델피아의 현인이라 불렸다. 워런 버핏이 오마하의 현인이라 불린 것처럼.'

네 번째, 이외에 '다 알죠?' 같은 추임새나 '헉!', '진짜?' 류의 감탄사도 쓸데없이 문장을 껄끄럽게 만든다.

• 개선하기

문장 속 잡동사니는 제거하면 매끄럽게 잘 읽힌다. 내용도 간결해지고 의미 전달이 명확해진다. 잡동사니를 제거한 글과 원래의 글을 비교하여 살핀다. 원문에 없는 잡동사니를 발견하면 삭제한다.

고쳐 쓴 글을 소리 내어 읽으며 내가 쓴 글에서 주로 발견되는 문장 쓰기 습관을 찾는다. 원문과 대조하여 차이를 분석한다. 고쳐 쓴 글을 동료에게 보여 매끄럽지 않게 읽히는 부분을 체크하도록 부탁한다. 그리고 해당 부분을 고친다.

읽기 시작하면 끝까지 읽히는 글의 특징

우리나라 김치의 맛은 엄마의 숫자만큼 다양하다고 한다. 문장을 잘 쓰는 방법도 그렇다. 문장 쓰는 사람 숫자만큼 많다. 하지만 잘 읽히는 글에서 발견되는 공통점은 이것뿐이다.

'간결하고 명확하다. 그리고 강력하다.'

강력한 문장으로 쓰인 글은 경사가 급한 미끄럼틀 같다. 읽기 시작하면 끝까지 내리 읽힌다. 강력한 문장은 독자의 주의를 사로잡아 집중하게 만든다. 이번에는 강력한 문장을 쓰는 연습을 해 보자.

• 주시하기

멘토 글을 주의 깊게 읽으며 문장마다 핵심 단어를 메모한다. 멘토 글이 잊히기를 기다렸다가 핵심 단어만으로 멘토 글을 복원한다.

• 따라 하기

복원한 글을 소리 내어 읽으면서 매끄럽게 읽히지 않는 부분을 표시한다. 문장이 너무 길고, 내용이 복잡하거나 수동형 문장 혹은 상태 술어를 사용한 글은 매끄럽게 읽히지 않는다. 이런 문장은 다음과 같은 방법으로 바꾸면 좋다.

첫 번째, 한 문장은 한 호흡으로 바꾼다.

문장이 짧다고 매끄럽게 읽히지는 않는다. 짧고, 길게라는 단순한 기준보다는 하나의 의미가 한 호흡으로 전달되게 문장을 써야 한다.

두 번째, 수동형 문장은 능동형 문장으로 바꾼다.

이렇게 바꾼 문장은 기름칠한 것처럼 매끄러워진다.

'나는 사교육에 의해 키워졌다.'

→ '나를 키운 것은 사교육이었다.'

세 번째, '~이다, ~있다'처럼 상태 술어로 끝난 문장은 동작 술어로 바꾼다.

'나는 글쓰기에 빠져 있었다.'

→ '나는 글쓰기에 흠씬 빠졌다.'

네 번째, 이중 문장은 합친다.

'나는 구매 요청을 하러 거래처에 갔는데, 거기서 고등학교 동창을 만났다.'

→ '나는 구매 요청을 하러 거래처에 갔다가 고등학교 동창을 만났다.'

이 두 문장은 의미가 같고 문장 길이도 거의 같다. 그런데도 아래 글이 더 매끄럽게 읽힌다. 의미 전달 또한 훨씬 빠르다. 문장을 하나로 합쳤기 때문이다.

다섯 번째, 기왕이면 나란히 쓴다.

헤밍웨이는 간결한 문장을 쓰기로 유명하다. 실제로 그가 쓴 문장 70퍼센트가 종속절이 없는 단문 형태라고 한다.

'바람은 남으로 갔다가 북으로 돌이키며 빙빙 돌고 돌아 그 가던 길로 돌아오며 모든 강은 바다로 흐르지만 바다는 넘치지 않으며 강물이 비롯된 곳으로 돌아간다.'

이 문장도 나쁘지 않다. 그러나 헤밍웨이는 이렇게 쓴다. 두 문장이 나란히 놓인다.

→ '바람은 남으로 갔다가 북으로 돌이키며 빙빙 돌고 돌아 그 가던 길로 돌아온다. 모든 강은 바다로 흐르지만 바다는 넘치지 않으며 강물이 비롯된 곳으로 돌아간다.'

헤밍웨이가 강박적으로 단문 위주로 문장을 쓴 것은 단문 문장이 발휘할 강력한 힘을 의식해서라고 한다. 영어 문장 학자 피터 엘보도 문장을 힘 있게 만들려면 종속 관계를 피하라고 조언한다.

'김 과장은 글쓰기 연습을 열심히 했기 때문에 이제 보고서를 잘 쓰게 됐다.'

앞 뒤 구절이 종속관계인 이 문장을 이렇게 바꿔 보자.

→ '김 과장은 글쓰기 연습을 열심히 했다. 이제 보고서를 잘 쓴다.'

인과관계를 들어내고 앞뒤를 나란히 놓으니 문장에 힘이 넘친다.

• 개선하기

멘토 글과 대조하여 차이를 분석한다. 고쳐 쓴 글을 동료에게 보여 주고 매끄럽지 않게 읽히는 부분을 체크하도록 부탁한다. 해당 부분을 고친다.

한마디로 100마디를 전하는 글을 써라

짧은 글이 대세다. 물론 단지 짧기만 하다고 다 통하지 않는다. 오히려 짧지만 메시지 전달력이 극대화된 글이어야 통한다. 이런 글을 '의미 함유율이 높다'고 한다.

신문 칼럼은 1,500자에 하고 싶은 말을 듣고 싶은 말로 바꿔 전하는, 의미 함유율 높은 글이다. 노련한 논설위원들은 한마디로 100마디를 전한다. 시간을 다투는 뉴스를 신속하고, 정확하게 전하기 위해 의미 함유율 높은 문장 쓰기를 습관 들였기 때문이다.

"이 취재 여행에서는 '꿈은 이루어진다'고 가르치는 학교나 '열의를 가지고 실행하면 성과를 낸다'고 전파하는 언론들은 가르쳐 주지 않는 허탈한 현실을 봤다. 하긴 타인의 '기획된 열의'가 어떻게 내 삶을 변화시킬 것이며, 그런 변화를 바람직하다고 하겠나."

〈중앙일보〉 (2013. 7. 29.)

이 단락에 표현된 '기획된 열의'는 상대의 의사에는 관심 없이 일방적인 의도와 목표에 의해 설정된 열의를 말한다. '기획된'이라는 한마디 수식어가 100마디, 1,000마디를 대신하는 힘을 발휘하는 것이다. 대체 무슨 말을 얼마나 길고 많이 하면 이 표현만큼 의미를 전달할 수 있을까 싶다. '기획된 열의'라는 이 한마디는 10년이 훌쩍 지나 읽어도 새롭다. 논설위원들의 칼럼으로 메시지 함유율 높은 표현법을 연습해 보자.

• 주시하기

멘토 글 한 편을 따라 쓰기 한다. 문장을 읽으면서 100마디를 압축한 키워드나 표현을 표시한다. 표시한 부분을 블라인드 처리한 다음 시간을 두고 묵혀 둔다. 내용을 잊어버렸을 즈음, 블라인드 메우기를 시도한다.

• 따라 하기

"사람은 흐르는 강물처럼 유유히 늙어 가지 않는다. 바다에 파도가 몰아치듯 특정 시기에 확 늙는나. '가속 노화'라는 말이 그래서 나왔다. 최근 미국 스탠퍼드대 연구진은 노화가 갑자기 빨라지는 두 분기점을 특정했다. 44세와 60세. 20~70대 108명을 7년간 관찰했더니 '예전 같지 않은 몸'이 눈에 띄게 현실화되는 나이가 바로 그때라는 것이다. 이 시기에 노화가 특히 빠른 건 몸속 단백질 변화 같은 생물학적 원인 못지않게 사회적 요인이 영향을 미친다."

〈동아일보〉 (2024. 8. 17.)

해당 신문 칼럼 다음과 같이 블라인드 처리한다.

→ "사람은 흐르는 강물처럼 유유히 늙어 가지 않는다. 바다에 파도가 몰아치듯 특정 시기에 확 늙는다. (　　　　)라는 말이 그래서 나왔다. 최근 미국 스탠퍼드대 연구진은 노화가 갑자기 빨라지는 두 분기점을 특정했다. 44세와 60세. 20~70대 108명을 7년간 관찰했더니 (　　　　)이 눈에 띄게 현실화되는 나이가 바로 그때라는 것이다. 이 시기에 노화가 특히 빠른 건 몸속 단백질 변화 같은 생물학적 원인 못지않게 (　　　　)

영향을 미친다."

• 개선하기

블라인드 메우기로 글을 완성한 다음 원문과 대조한다. 내가 메워 쓰기 한 것과 원래의 표현을 비교하여 차이를 살핀다. 장담컨대, 이러한 작업만으로도 당신의 정신에는 의미 함유율 높은 문장에 대한 개념이 자리 잡는다.

다른 사람의 생각을 쓰고 싶다면 분명하게 밝혀라

프랭클린은 '글쓴이에게 가장 큰 행복은 누군가 자신의 글을 존경을 담아 인용한 것을 보는 것'이라고 말했다. 반대로 글쓴이가 가장 언짢을 때는 자신의 글을 몰래 사용하는 것이 된다.

한 뉴스레터 업체에서 보낸 이메일 첫 두 구절이 김영하 작가가 쓴 에세이의 문장과 흡사하다 하여 논란이 일었다.

"인생의 난제가 풀리지 않을 때면 달아나는 것도 한 방법이죠. 우리가 여행을 떠나는 이유일 겁니다."

김 작가가 쓴 에세이 문장은 이렇다.

"풀리지 않는 삶의 난제들과 맞서기도 해야겠지만, 가끔은 달아나는 것도 필요하다."

뉴스레터 업체에서 김영하 작가에게 사과하고 재발 방지를 약속하면서 논란은 일단락됐다. 이 뉴스를 듣고 생각했다. 나라면 이렇게 했을 것 같다.

"김영하 작가가 통찰한 대로, 인생의 난제가 풀리지 않을 때면 달아나는 것도 한 방법입니다. 우리가 여행을 떠나는 이유일 겁니다."

출처를 표기하면 아무 문제가 없다. 남이 쓴 글을 읽을 때는 자료를 인용하는 기술이 어렵잖아 보인다. 실제로 연습생이 쓴 글을 보면 자료들에 발목을 잡히는 경우가 흔하다. 출처를 빠뜨리거나 내 생각인지 남의 생각인지 애매하게 표현한 경우는 다반사다. 의도하지 않은 표절 사고까지 예방하려면 인용 기술을 따로 연습해야 한다.

술술 잘 읽히는 글은 읽는 동안 반문이나 의문이 생기지 않는다. 곳곳에 도입한 설득 장치 덕분이다. 시간을 견딘 이론이나,

유명한 연구 결과, 전문가의 조언과 경험담으로 생각과 주장에 날개를 달아 준다. 순식간에 읽히고 순식간에 납득된다. 그래서 나는 강조한다. 글쓰기의 8할은 내 의견과 주장을 편들어 줄 자료 수집에 달렸다고. 하지만 자료를 수집하는 기술과 수집한 자료를 간결하고, 명확하게 글 속에 놓여 내 매끄럽게 읽히게 만드는 것은 전혀 다른 기술이다.

글쓰기에서 자료의 역할은 매우 중요하지만, 여기저기서 긁어모은 것들을 얽어내는 방법은 역효과만 낸다. 글쓴이의 생각과 자료의 생각이 뒤엉키면서 글이 전하려는 메시지에 혼선이 생긴다. 자료를 수집하고 활용하여 내 글쓰기의 설득력을 높이는 인용 기술은 꽤 수준 높은 인지 능력을 요구한다. 자료 수집력, 문장력은 물론 독해력, 분석력, 추론력을 필요로 하기 때문이다.

자료 활용하기는 자료를 정확하게 읽어 내고, 압축하고, 요약하는 것은 물론 이를 나만의 관점으로 해석하여 내 글에 반영해야 한다. 이런 이유로 하버드대학교 등에서는 자료를 활용하여 글쓰기에 필요한 간접 인용 기술을 가르친다. 절대 자료를 있는 그대로 복사하고 붙여 쓰지 못하게 한다. 표절의 위험을 원천 봉쇄하는 방법을 가르쳐 윤리에 입각한 글을 쓰게 한다.

이는 다른 사람의 아이디어나 생각을 내 글에 반영할 때 사용하는 기법으로, 다른 사람의 글을 간략하게 재구성하여 소개하면서 자신의 생각을 곁들이는 연습이다. 대학생들에게 학술적 글쓰기를 가르치는 제럴드 그라프와 캐시 버켄스타인이 쓴 책 《They Say/I Say》에서 제안하는 틀을 활용하여 연습한다.

• 주시하기

멘토 글을 따라 쓰기 한다. 따라 쓰기 한 내용을 다음 문장 틀로 분석하고 요약한다.

글쓴이의 주장은 한마디로 ______다.
글쓴이의 주장은 ______라는 사실에 의해 뒷받침된다.
나는 이 주장에 대해 ______이유로 지지한다. 또는 반대한다.
내가 이 주장에 대해 지지하는(반대하는) 이유는 이것이다.

• 따라 하기

글은 어떤 사람의 의견이나 아이디어를 담은 것이다. 그러므로 남의 글을 가져와 내 글에 사용할 때는 누가 어디에 어떤 식으로 쓴 글인지 분명히 밝혀야 한다. 그래야 내 생각, 남의 생각이 확연히 구분되고 독자가 혼동되지 않는다.

인용하는 글쓰기는 1단계, 출처와 원작자를 밝힌다. 2단계, 필요한 만큼 내용을 소개한다. 두 단계가 전부다. 다음 문장 틀을 활용하여 인용 연습을 한다.

첫 번째, 출처를 언급한다.

______에서 이 내용을 찾았다, 읽었다, 배웠다, 들었다.

→ '나는 《150년 하버드 글쓰기 비법》 책을 읽다가 논리적으로 글 쓰는 틀인 OREO 공식을 발견했다.'
→ '나는 교육 방송 'EBS클래스e'에서 논리적으로 글 쓰는 틀인 OREO 공식에 대해 배웠다.'
→ '나는 송숙희 님이 운영하는 '돈이 되는 글쓰기'라는 블로그에서 논리적으로 글 쓰는 틀인 OREO 공식을 발견했다.'
→ '나는 기획 재정부에서 운영하는 나라 경제 홈페이지에서 송숙희 코치가 쓴 칼럼을 읽었는데, 여기서 논리적으로 글 쓰는 틀인 OREO 공식을 발견했다.'

두 번째, 내용을 쓴다.
따옴표 안에 해당 내용을 발췌하여 쓰고 출처를 밝힌다.

"글을 쉽게 쓰려면 논리적으로 글을 쓰는 틀 OREO 공식을 사용하면 된다."

《150년 하버드 글쓰기 비법》, 송숙희 지음, 유노북스 펴냄

세 번째, 간접 인용을 한다.

필요한 내용을 솎아 나만의 방식으로 해석하고 요약하여 활용한다. 다음 문장 틀을 활용하여 연습한다.

______인(원작가에 대한 간단한 설명) ______(원작가 이름)는 ______에서(출처 언급) ______는 ______라고 말했다.

→ "글쓰기 코치로 20년 활약한 한국 대표 글쓰기 전문가 송숙희 코치에 따르면 논리적으로 쉽게 글을 쓰려면 OREO 공식을 활용하면 된다."

• 개선하기

글쓰기를 연습하는 동료의 리뷰를 청해 듣거나 전문가의 피드백을 받는다.

읽을 만한
에세이 한 편을
완성하라

글쓰기 연습 궁극적인 목표는 '독자가 기꺼이 읽을 만한 한 편의 글을 척척 써내는 것'이다. 프랭클린은 지역 신문에 필명으로 글을 기고했다. 지역 신문에 실릴 글을 검토하는 편집진의 호의적인 반응을 접하며 글쓰기 연습의 고단함을 견뎠다. 이렇게 산문 쓰기 기술을 키워 평생에 걸친 성공의 토대를 만들었다.

프랭클린은 '글쓰기 기술'을 사용하여 자신의 이익과 공적인 이익을 실현하는 데 기여했다. 사업가로서, 저널리스트로서, 정치인으로서, 행정가로서, 과학자로서 그는 수많은 산문을 쓰고 발행하여 지역 사회와 국가에 영향을 미쳤고, 많은 독자가 돈을 내고 읽는 베스트셀러 작가가 됐다. 그가 쓴 산문은 신문 기사,

칼럼, 편지, 책자 등의 어떤 방법으로든 자신의 의견이나 주장을 개진했으며 어떤 사안에 대해 해석과 분석하는 내용도 많았다. 개인적인 성찰을 반영하는 내용도 자주 썼다.

나는 프랭클린이 애용한 '산문'을 '에세이'로 특정하려 한다. 에세이란 가장 보편적인 산문 양식이자 프랭클린이 애용한 방법이다. 에세이는 작가가 특정 주제에 대한 자신의 생각 또는 의견, 해석, 성찰을 담아내는 한 편의 글이다. 프랭클린 글쓰기 연습법 마지막은 읽을 만한 가치가 있는 에세이 한 편 쓰기다.

《12가지 인생의 법칙》을 쓴 베스트셀러 작가이자 토론토대학교 교수 조던 피터슨은 성공을 원한다면 에세이를 잘 써야 한다고 강조한다.

"체계적이고 독창적인 아이디어를 만들고 이를 다른 사람에게 납득시키는 능력은 성공의 필수 조건이다. 에세이 쓰기 능력을 기르면 해당 주제에 대해 일관성 있고 정교한 생각들을 조직하고 표현하여 형태를 갖출 수 있게 한다."

피터슨 교수는 '에세이 쓰기가 고도의 지적 활동을 가능하게 해 준다'고 이야기하며 에세이의 중요성을 강조했다. 또한 숙박 공유 서비스를 제공하는 에어비앤비의 창업자인 브라이언 체스키 회장은 읽고, 배우고, 경험하고, 생각한 것을 에세이로 쓰며 자기 것으로 만든다고 알려졌다.

나는 피터슨 교수가 말하는 에세이 쓰기와 체스키 회장의 방식을 통틀어 '에세이 사고법'이라 부른다. 무학의 인쇄공인 프랭클린은 당시 가장 잘나가던 대중 잡지 〈스펙테이터〉의 글을 모방하며 에세이 쓰기를 연습했다. 프랭클린은 이 에세이들로 철학자 데이비드 흄에게 '미국 최초의 위대한 작가'라 칭송받았다.

글로 쓸 주제를 정하고, 짜임새 있게 쓸거리를 구성하여 한 줄 한 줄 논리 정연하게 쓰면 한 편의 수준 높은 에세이가 탄생한다. 에세이는 산문 중에서도 가장 널리 사용되는 기술이며 가장 많이 읽히는 글이다. 책에 들어가는 한 편 한 편의 글, SNS에 실리는 포스트, 이메일, 게시판에 공유하는 글 모두 에세이다.

에세이 쓰기를 연습하면 비판적이고 논리적인 사고는 물론 핵심을 빠르게 전달하는 글쓰기 지능이 길러진다. 숏폼 콘텐츠 시대에 잘 먹히는 짧은 글도 척척 잘 쓰게 된다.

• 주시하기

멘토 글을 주의 깊게 읽는다. 따라 쓰기 하며 글의 구성과 내용의 흐름, 표현법을 주시한다.

• 따라 하기

에세이 성격에 따라 설득하는 글이면 OREO 공식으로 개요를 만들고, 공감하는 글이면 3찰 포맷으로 개요를 만든다. 이 작업을 통해 에세이의 메시지와 내용을 숙지한다. 그런 다음 뼈대만 남기고 나의 경험, 의견, 아이디어, 사례로 내용을 갈아 끼운다. 내 언어로 표현을 바꾼다. 제목도 카피 체인지한다.

에세이를 완성한 다음, 에세이를 읽고 싶게 만드는 제목 쓰기 연습도 하자. 신문 칼럼의 제목 부분을 블라인드 처리한 다음 내용을 잊었을 때쯤 제목을 단다. 원래 제목과 비교하여 차이를 살핀다. AI에 원문을 보여 주고 제목을 달게 한 다음 당신이 만든 제목과 비교한다.

• 개선하기

매일 정해진 시간에 정해진 장소에서 정해진 분량의 글을 쓴다. 하나의 주제를 정해 1,500자 내외의 분량으로 에세이를 쓴다. 전문가가 지도하는 글쓰기 수업에 참여하여 피드백받고 고쳐 쓰기 한다. 유력한 매체나 퍼스널 미디어 블로그, 브런치, 유료 사이트에 글을 기고하여 피드백을 수집한다.

연습 천재 프랭클린, 체스 연습에는 실패한 이유

프랭클린은 《체스의 도덕》이란 책자를 출간할 정도로 체스를 좋아했다. 글쓰기 연습과 마찬가지로 체스 역시 프랭클린에게는 배움의 방법이었다.

"인생은 체스와 같아서 우리는 종종 이득을 얻고 경쟁자나 적고 싸워야 하며 그 안에서는 매우 다양한 선과 악이 있다."

프랭클린은 당대 최고 체스의 고수들과 게임을 즐겼다. 하지만 그의 체스 실력은 늘 고만고만했다. 보통보다는 나은 수준이었다. 체스 게임에서 질 때마다 프랭클린은 애를 태웠지만 체스 실력이 좀체 나아지지 않았다. 연습 천재 프랭클린이 체스 연습에는 왜 실패했을까?

앤절라 더크워스는 펜실베이니아대학교의 심리학과 교수다. 평범한 사람들의 성공 비결을 다룬 책 《그릿》을 썼다. 한번은 그가 '1만 시간의 법칙'을 창안한 안데르스 에릭슨 박사를 만나 고민을 털어놓는다.

"박사님, 1만 시간의 법칙이 사실인가요? 저도 지금까지 1만 시간은 달린 것 같은데, 왜 조금도 달리는 게 빨라지지 않죠? 저는 늘 시간을 재는데 매번 똑같아요."

안데르스 박사는 대답 대신 질문한다.

"정말 더 빨리 달리고 싶나요?"

더크워스 교수는 잠시 생각해 보더니 '그렇지는 않다'고 답한다.

"전혀 아니죠. 나는 더 빨리 달리겠다는 생각을 한 적은 없었습니다."

안데르스 박사는 그제서야 더크워스 교수가 궁금해한 것을 말한다.

"당연합니다. 빨리 달리고 싶다는 확고한 목표가 없는데 어떻게 빨리 달리게 될까요?"

프랭클린이 새겨들었어야 할, 그가 체스에 부진한 이유가 여기 있다. 아마도 프랭클린의 체스 실력이 나아지지 않은 것은 체스로 1인자가 되고 싶은 확고한 욕심은 없었기 때문인 듯하다.

"어떤 분야에서 최고가 되고 싶다면 '연습'해야 하고, 목표에 부합하는 질적으로 다른 연습, 즉 '의식적인 연습'을 해야 한다."

이 에피소드를 통해 더크워스 박사가 하고 싶었던 말이다. 안데르스 박사도 프랭클린이 체스를 잘하기 위해 스스로를 강하게 채찍질하지 않았고, 실력 향상에 필요한 '목적의식 있는 연습'에 시간을 들이지도 않았기 때문에 체스를 고수들처럼 잘할 수 없었다고 분석했다.

적지 않은 시간과 노력을 들이고, 무엇보다 그것을 좋아하는데도 프랭클린이 체스에 고전하고, 더크워스 박사의 달리기 실력이 늘지 않는 것처럼 나에게는 요가가 그렇다.

나는 요가를 참 좋아한다. 요가 수련한 지 20년쯤이고, 지금도 매일 1시간씩 수련 시간을 할애한다. 하지만 나는 여태 혼자 수련하지 못한다. 혼자 요가 수련할 만큼 실력이 탁월하지 않다. 안데르스 박사는 보나마나 나에게 이렇게 말할 것이다.

"요가를 혼자 수련할 수준의 고수가 되겠다는 분명한 목표가 없고, 프랭클린처럼 '제대로 설계된 방법으로 연습'하지 않았기 때문입니다."

하지만 나도 글쓰기 연습만큼은 프랭클린처럼 제대로 했다. 글쓰기든, 체스든, 살빼기든 뭔가 잘하고 싶고, 해내고 싶다면 의도를 확고히 해서 의도에 맞게 의식적으로 연습해야 의미 있는 결과가 만들어진다.

3장

무엇을 쓰는가?

글쓰기 감각

"독서만이 유일한 오락이었던 나는 술과 유희에 시간을 사용하지 않았고, 필요한 만큼 나를 위한 노력을 계속한다."

-벤저민 프랭클린-

필사적으로 필사해도 문장력, 어휘력이 그대로인 진짜 이유

'카프카, 헤밍웨이, 디킨스, 포크너, 샐린저 그리고 스티븐 킹.'

이 작가들의 공통점은 무엇일까? 보스턴대학교 등에서 영문학을 가르친 윌리엄 케인 교수는 이런 질문으로 말문을 연다. 그리고는 이렇게 주장한다.

"어느 날 갑자기 허공에서 뚝 떨어진 위대한 작가란 없다."

이 비범한 작가들을 키운 것은 10할이 모방이라며 그러므로 이 작가들처럼 쓰려면 이 작가들을 우선 모방하라 권한다. 밀턴,

멜빌, 플로베르, 포크너, 디킨스, 셰익스피어 모두 모방을 통해 위대한 작가가 됐다고 설명을 보탠다. 그는 자신의 책《위대한 작가는 어떻게 쓰는가》에서 이렇게 말했다.

"모방이란 고전적 방법으로 작법을 배워 자신의 것으로 만들면 그 위에 자신만의 독창적인 문체와 목소리를 가질 수 있고 그러면 모방 대상을 능가할 수 있다."

윌리엄 케인 교수 역시 '최고를 따라 하고 넘어서라' 권한다. 위대한 작가들의 이러한 창작의 비밀을 접하면 '좋은 예술가는 베끼고, 훌륭한 예술가는 훔친다'고 한 피카소의 말에 격렬하게 공감한다. 베끼기는 다른 사람의 작품, 방법을 흉내 내는 것이지만, 훔치기는 그를 모방하여 마침내 넘어서는 것이다. 스티브 잡스 역시 실제로 아무것도 새로 만들지 않았다. 세상에 없던 것을 창조하여 세상을 바꾼 그의 비결은 훔치기다.

프랭클린 글쓰기 연습법은 좋은 글쓰기 기법을 내면화하여 자신의 글을 써내는 넘어서기다. 프랭클린 글쓰기 연습법은 잘 쓰인 글을 따라 씀으로써 그 글의 아이디어 전개 방식, 글의 구조, 내용의 짜임새, 문장 쓰기 기법, 표현 기술, 단어 사용법 등을 익히는 과정이다. 그리고 이러한 것들을 주의 깊게 분석하고, 연구하고, 복제하여 마침내 읽힐 만한 글을 쓸 수 있는 메커니즘을 내면에 장착하게 된다. 이렇게 내면화된 기법으로 자신의 글을 써내는 것, 이것이 프랭클린 글쓰기 연습법이다.

시중에는 '필사' 책이 많다. 문장이나 구절을 베끼는 것이다. 문장 한 줄, 단락 한 구절을 베끼는 탁월한 고유의 효과를 자랑한다. 눈으로 읽고 마는 것에 비해 베끼기는 내용을 음미하고 마음에 새겨 오래 기억하게 만든다. 온 정신을 집중하여 문장을 베끼는 그 순간에 온전히 머무르는 명상적 효과 또한 탁월하다.

아쉽지만 필사로는 글쓰기 연습이 불가능하다. 필사는 문장력, 어휘력, 독해력 같은 전문적인 능력 향상에 적절하지 않은 방법이다. 문장력을 키우려면, 어휘력을 향상하려면, 문해력을 개발하려면 그에 맞춤한 방법으로 의식적으로 연습해야 의도에 맞는 의미 있는 결과를 만들어 낼 수 있다.

성경을 필사하면서 글쓰기를 연습한다는 사람은 없다. 글쓰기를 연습하겠다면서 성경을 필사하는 사람은 없다. 의도에 맞는 방법으로 연습해야 의도한 의미 있는 결과를 만든다. 이것이 절대 양보 될 수 없는 의식적 연습의 원리다.

글쓰기의 감각을 키우고 안목을 기르는 단 하나의 방법

글을 잘 쓰는 재능은 타고나야 한다고 주장하거나 믿는 이들이 많다. 나는 그렇게 생각하지 않는다. 일하면서, 살면서 우리가 써야 하는 대부분 글은 남다른 재능이 필요한 언어 예술의 영역이 아니다. 핵심을 빠르게 전달하여 의도한 대로 의미 있는 결과를 만드는 것이 전부다. 이런 글쓰기에 재능은 필요 없다. 연습하면 충분히 습득되는 '기술'이면 충분하다.

평생 쓰거나 쓰게 하는 일을 한 나부터도 문예 백일장과는 인연이 먼, 문재(文才)를 타고난 글쟁이가 아니다. 그럼에도 수십 년 글밥을 먹을 수 있었던 건 재능의 수준으로까지 쓰기 기술을 개발했기 때문이다. 많이 읽고, 쓰는 것으로 기술을 단련했다.

직업 현장에서 요구되는 글쓰기 세부 기술을 쓰면서 배우고, 쓰면서 연습한 덕분이다.

글쓰기 기술에 정작 필요한 것은 재능이 아니라 감각과 안목이다. 글쓰기 전 과정에서 요구되는 하나하나의 감각과 잘 쓴 글을 알아보는 안목 없이는 결코 글을 잘 쓸 수 없다.

"금당의 기둥을 세울 때 수령 2,000년 된 나무를 가져와 넷으로 쪼개 기둥 네 개를 만들었다. 그 과정에서 그 나무 참으로 대단했다. 이거면 충분하다는 느낌이 들었다. 나무의 힘이라는 그런 게 느껴졌다. 하지만 이러한 나무의 감촉은 말로는 전할 도리가 없다. 실제로 보고, 만지고, 느끼면서 익혀 가야만 한다. 목수의 기술이란 솜씨뿐 아니라 갈고 닦인 감이나 감각으로 뒷받침돼야 한다."

1,300년이나 된 세계 최고의 목조 건축물 호류지를 지켜 온 일본의 마지막 대목장 니시오카 쓰네카즈. 그가 쓴 《나무에게 배운다》에 나오는 대목이다. 이 글에서 말하는 '느낌'이 바로 글쓰기에 필요한 감각이다. 이러한 느낌은 말로는 전수하기 어렵다. 단지 하면서 배워야 한다. 글쓰기에 대한 감각도 배워서가 아니라 쓰면서 체득해야 한다. 니시오카 쓰네카즈는 말한다.

"기술이나 육감은 가르칠 수 없기 때문에 일대일로 만나 배우게 한다. 품이 들고 시간이 걸린다. 지름길이 없다."

글쓰기의 감각도 딱 그렇다. 감각이 있어야 그에 맞춰 기술적인 면을 발휘하거나 보완할 수 있다. 글쓰기를 배운다는 것은 단지 많이 읽고, 많이 생각하고, 많이 써 보는 것 외에 없다고 7세기 무렵 중국 당나라의 구양순 선생이 말한 비결도 결국엔 이 내용이다. 많이 읽되 기왕이면 제대로 읽고, 제대로 읽되 기왕이면 문법을 제대로 이해하고, 기왕이면 그렇게 제대로 써야 한다.

그래서 글 쓰는 게 일이거나 업인 이들은 하나같이 글쓰기는 가르칠 수 없다고 못 박는다. 조정래 선생도 "글 잘 쓰는 기술은 애초에 가르칠 수 없다. 단지 쓰는 것만이 글을 잘 쓸 수 있는 방법이며, 그러는 동안은 필시 황홀하기 짝이 없는 글 감옥을 경험할 것"이라고 전한다.

그렇다면 글쓰기 감각이란 무엇일까? 소문난 글쓰기 코치 윌리엄 진서는 《글쓰기 생각쓰기》에서 이렇게 설명했다.

"독자가 즐길 만한 목소리를 찾아내기란 감각이다. 감각이란 절뚝거리는 문장과 경쾌한 문장의 차이를 들을 줄 아는 귀이며, 가볍고 일상적인 표현에 격식 있는 문장이 끼어들어도 괜찮을

뿐 아니라 불가피해 보이는 경우를 아는 직관이다. 완벽한 감각은 완벽한 음정처럼 천부적으로 타고나는 것이다. 하지만 어느 정도는 습득할 수 있다. 비결은 그것을 가진 작가를 연구하는 것이다."

오스카 와일드는 시 한 편을 탈고하던 어느 날, 오전 내내 이런저런 고심을 했다. 마침내, 콤마 하나를 삭제했다. 그런데 그날 오후에 콤마를 다시 삽입했다. 김훈은 소설《남한산성》을 쓰며 어느 한 문장에 발목 잡혔다. '꽃이 피는지?' 혹은 '꽃은 피는지?'처럼 조사 하나를 넣고 빼기를 거듭하며 고민했다. 대체 어떤 기준으로 콤마를 넣어야 하고 빼야 하는지, '꽃이' 피어야 하는지 '꽃은' 피어야 하는지를 가늠하는 데는 규칙이 없다. 오직 쓰는 이의 감에서 비롯된다.

그렇다면 그 감을 배우면 되지 않겠는가? 그 감을 노하우란 이름으로 글쓰기 기술의 하나로 가르치는 사람이 있을 테고, 그 사람에게 어떻게든 배우면 될 게 아닌가? 애석하게도 이런 것을 가르치는 사람은 없다. 조사를 가려 쓰는 것은 전적으로 쓰는 사람의 감각 문제다.

사전을 뒤져 보면 감각이란 사물의 미묘한 속내를 직감하는 능력이다. 직관, 감수성, 분별, 판단력이 합해진 어떤 총체적인

'앎'의 능력이다. 당연히 지식이나 정보를 초월하거나 가로지른다. 글쓰기의 감각 또한 글에 대한 감수성을 바탕으로 앎의 방식이 문자로 표현돼 메시지로 전달된다. 기교니, 기법이니 하는 세부적인 차원이 아니라 글쓰기를 인식하는 관점과 태도의 문제라고 할 수 있다. 마인드와 안목을 아우르는 것이 감각이다.

글쓰기 감각은 이처럼 정신적인 영역이라 가르칠 수도 배울 수도 없다. 하지만 글을 잘 쓰기 위해 갖춰야 할 감각에는 이런 것이 있다고 정리한 내용이 있어 공유한다. 한 신문사에서 신문기자가 갖춰야 할 감각에 대해 정리해 놓은 것을 토대로 했다.

① 어휘 감각: "아 해 다르고 어 해 다르다"라고 했다. 비슷한 단어라도 어느 것을 선택하느냐에 따라 독자가 받아들이는 느낌이 다르다.

② 문장 감각: 문장에도 유행이 있다. 매일매일의 사회상과 시대상을 반영하는 것이 문장이다. 소셜미디어가 글쓰기의 중심에 놓인 요즘에는 문장 또한 대중의 눈높이와 같이 가야 한다.

③ 시대 감각: 글 쓰는 이는 트렌드에 민감해야 한다. 메시지가 빛나는 글은 날카로운 시대 감각에서 나온다. 날카로운 시대 감각은 쓸거리를 수집할 때도, 글을 쓸 때도 크게 도움이

된다.

④ 윤리 감각: 개인의 일기장이나 순수한 문예 창작물이 아닌 경우 글쓰기는 사회적·공적인 결과물이다. 공인 의식과 윤리 감각이 바탕에 깔려야 한다.

하나하나 녹록지 않은 감각이다. 벼락치기로는 절대 얻을 수 없는 능력이다. 하지만 신문 기자뿐 아니라 글을 잘 쓰기 위해서는 반드시 갖춰야 할 능력이다. 그런데 이 네 가지 감각을 단련시켜 줄 아주 쉽고, 빠르고, 간단한 방법이 있다. 바로 계속해서 이야기하고 있는 따라 쓰기다. 따라 쓰기는 글을 읽고 쓰는 데 필요한 총체적 감각을 훈련하는 작업이다. 그 여정에서 글에 대한 안목이 저절로 길러진다.

멘토 글에 따라 내 글도 결정된다

지금처럼 인터넷도 없던, 인쇄물조차 귀하던 그 시기에 프랭클린이 혼자서 글쓰기 연습에 성공할 수 있었던 것은 따라 하고 싶은 '글'을 만났기 때문이다.

10년 넘게 따라 쓰기 연습법을 집중 보급하며 내가 발견한 따라 쓰기 성공 잣대는 '어떤 글을 따라 쓰냐'다. 누군가가 따라 쓰기 한 글을 보면 그가 쓰게 될 글이 보인다. 만일 그가 생각나는 대로 쏟아 낸 SNS 글을 보고 따라 쓴다면 그는 두고 볼 것도 없이 딱 그렇게만 쓸 것이다. 그가 세계적인 논문을 따라 쓴다면 그가 쓰는 논문도 그와 비슷해질 것이다. 따라 쓸 글을 고르는 수준은 글에 대한 그의 안목이 결정한다.

간혹 강연이나 클래스에서 따라 쓰기 연습법을 공유하다 보면 내가 블로그에 쓴 글을 따라 쓰고 있다는 사람을 만나곤 한다. 그러면 나는 극구 말린다. 왜냐하면 내가 블로그에 쓴 글은 따라 쓰기 하면 좋을 글의 조건에 미치지 못하기 때문이다. 편집되기 전의 글일 뿐이다. 블로그에 쓴 글은 내가 쓰려는 글의 초안에 불과하다.

만일 내가 블로그에 쓴 글이지만 내가 쓴 책에 수록된 것이라면 그 글은 따라 쓰기 해도 좋다고 한다. 책으로 만들어지는 과정에서 전문가의 편집을 거친 것이기 때문이다. 블로그에 쓴 초안을 책에 넣으려면 내용을 핵심 위주로 논리 정연하게 재구성하고 문장도 간결하고 명확하게, 즉 읽기 쉽게 다듬고, 자료나 사례도 팩트 체크를 하는 등 일련의 준비 작업을 해야 한다. 출판돼 많은 사람이 읽기에 손색없는 글로 만드는 편집 작업이다.

필자인 내가 다듬어 출판사에 원고를 넘기면 전문 편집자의 손에서 편집, 수정, 교정 등 일련의 과정을 거쳐 또 한 번 신뢰할 만한 글로 다듬어진다. 이러한 편집 과정을 거치지 않은 글은 따라 쓰기에 적절하지 않다.

미국 정부에서 운영하는 '국립 글쓰기 프로젝트'는 전 국민의 글쓰기 역량을 강화하고 개선하기 위한 연구 개발을 집중하는 곳이다. 이곳에서 제안하는 효과적인 글쓰기 연습법의 하나가 '멘토 글 모방하기'다.

멘토 글은 선생님과 학생 모두 읽고 연구하며 모방할 만한 글을 말하는데, '학생들이 더 쉽고 편하게 글쓰기 전략과 형식을 배우고 시도하도록 돕는 글'이라고 미국 정부는 설명한다. 또한 어려서부터 멘토 글, 즉 잘 쓰인 글을 모방하는 연습을 하면 여러모로 유영한 글쓰기 기술을 키울 수 있다고 조언한다.

"멘토 글은 학생들과 직접적으로 관련되며 학생들이 스스로 읽을 수 있는 수준의 내용이어야 한다. 멘토 글이 반드시 책일 필요는 없으며 시, 신문 기사, 노래 가사, 만화, 설명서, 에세이 등 글이라면 어떤 종류든 다 멘토 글이 될 수 있다."

프랭클린의 글쓰기 비법인 따라 쓰기를 통해 글쓰기 감각과 안목을 키우기 위해서는 첫 번째로 '따라 할 만한 최고의 텍스트'를 선정해야 한다. 따라 쓰기에 충분히 좋은 최고의 텍스트를 멘토 텍스트라 한다.

그렇다면 어떤 글이어야 따라 쓰기 효과를 충족하는 멘토 글이라 할 수 있을까? 멘토 글은 누가 봐도 잘 쓴 글, 잘 쓴 글의 모범이 될 만한 글이다.

최고의 멘토 글은 교과서다. 〈졸업〉이란 드라마에서 국어를 가르치는 학원 강사가 이렇게 말하는 장면이 나온다.

"교과서에 실린 문학작품 한 편, 시험에 출제되는 에세이 한 편, 어느 하나 그냥 뽑히는 게 없다. 대한민국 석학들, 대학 교수, 수십 년 경력 교사 등 전문가들이 오랫동안 고심하고 고민하여 너희가 정말 읽어야 하는 텍스트를 엄선한다. 겨우 중졸밖에 안 되는 너희들을 위해서."

강사는 교과서 한 권을 이해한다는 게 어떤 의미인지 말해 주고 싶었던 나머지 강렬한 어조로 말했다. 나는 이 대사를 들으며 이렇게 중얼거렸다.

"그러니까 교과서에 실린 글이 최고의 멘토 글이네."

어떤 글을 멘토로 삼아야 할까?

재테크 공부를 하는 사람들의 온라인 커뮤니티를 보면 유명인이 쓴 글을 베껴 쓰기 한 인증샷 천지다. 유명인이 쓴 글이라고 해서 다 잘 쓰인 글은 아니다. 전문적인 편집을 거치지 않고 올린 SNS 글이라면 더욱 그렇다. 따라 쓰기에 최적인 멘토 글 선별하는 기준을 알아본다.

• 숙련된 필자가 쓴 한 편의 글

숙련된 필자가 완성한 글에는 글쓰기에 요구되는 다양한 기술들이 있다. 긴 형식의 읽기는 더 큰 집중력을 요구하고, 넓은 범위의 어휘에 노출해 주는 것 말고도 장점이 또 있다. 긴 텍스트일수록 복잡하므로 암기와 정보 구성 능력을 키워 준다. 텍스트에 담긴 주장을 이해하고 분석하는 능력을 키우도록 돕는 글이어야 한다.

사람들은 대부분 스마트폰, 태블릿, 노트북, 데스크톱처럼 조명이 안에서 비추는 화면에서 디지털 텍스트를 읽는다. 그리고 소셜미디어, 이메일, 블로그, 문자, 뉴스, 웹페이지 등은 대부분 길이가 짧다. 많은 사람이 스크린으로 긴 형식의 텍스트를 읽을 때 주의력을 이어 가기 어려워한다.

따라서 숙련되지 않은 필자가 쓴 짧은 텍스트는 집중력이나 정신력, 어휘력에 별로 도움되지 않는다. 길이 자체는 중요하지 않을지 모르지만, 긴 형식의 논쟁이나 진지한 소설이 당연히 더 큰 집중력을 요구하고 다양한 어휘가 들어 있다.

• 프로가 편집한 글

숙련된 필자가 쓴 한 편의 글은 대개 공신력 있는 매체를 통해 공개되고, 이런 매체에서는 편집 전문가가 편집한 글만 발행한다. 이렇게 편집된 글은 최소한의 객관성과 신뢰성을 보장하고 있다. 이처럼 대중 매체에 실린 글은 돈을 받고 팔 만한 상품성 높은 글이며, 대중적으로 어필하는 내용을 쉽게 읽히도록 편집한다.

반면 편집되기 전의 글은 주관적이다. 주장의 논리가 결여되어 있기도 하고, 내용에 중복이 있기도 하다. 또한 맞춤법, 띄어쓰기가 맞지 않거나 문장이 길고 산만하여 앞뒤가 맞지 않는 등 오류와 결함이 적지 않다.

글쓰기 프로들이 쓰는 글도 편집되기 전에는 마찬가지다. 만일 이대로 매체에 실렸다가는 글이 읽히지 않고, 신뢰를 얻기 힘들어 매체도 사업을 지속할 수 없다. 그래서 모든 공식적인 미디어에는 전문 편집자가 책임지고 편집한 글만 싣는다. 이것이 따라 쓰기에 적당한 멘토 글의 필수 조건으로 '프로가 편집한 글'이어야 하는 이유다.

유명한 어떤 이가 블로그나 페이스북에 쓴 글은 멘토 글로 적당치 않다. 전문적인 편집 과정을 거치지 않아서다. 어떤 평범한 이가 SNS 쓴 글 역시 멘토 글이 될 수 없다. 후자의 경우, 글을 쓴 사람이 유명하지 않아서가 아니다. 개인 미디어에 실린 글이라서도 아니다. 개인 미디어에 실린 글들은 전문 편집자가 편집하여 완성된 글이 아니기 때문이다.

아마추어가 쓴 글이라 해도, 브런치나 페이스북에 올린 글이라도, 전문 편집자의 편집을 거친다면 얼마든지 멘토 글이 될 수 있다. 전문 편집자가 편집한 멘토 글은 대부분 다음 조건에도 부합한다.

• 글쓰기 연습 목표에 맞는 글

배우고 싶은 글쓰기 기술을 명확하게 보여 주는 글을 선택해야 한다. 예를 들어 논리 정연하게 글을 쓰고 싶다면서 힐링용 글을 택해서는 따라 쓰기 효과를 볼 수 없다. 넷플릭스에 방영된 드라마 대본을 따라 쓰기 하면서 논픽션 책 쓰기에 요구되는 글쓰기를 배울 수는 없다.

• 아이디어를 잘 계발한 글

'아이디어를 잘 계발한 글'이란 핵심을 빠르게 전달하여 의도한 대로 독자를 빠르게 움직이게 하는 글이다. 이를 위해서는 전하려는 바를 매혹적으로 주장하고 증명해야 한다. 이렇게 쓰인 글은 끝날 때까지 독자의 관심을 사로잡는다.

• 쉽게 읽히고 빠르게 이해되는 명문

프랭클린이 그토록 쓰고 싶어 한, 매끄럽게 잘 읽히는 글이 명문이다. 명문은 내용이 일리 있고, 조리 있게 구성돼 있으면서도 쉬운 문장으로 쓰여 읽기가 수월하다.

• 흥미롭고 관심을 끄는 글

내용이 흥미롭지 않으면 따라 쓰기가 고역이다. 흥미와 관심사를 반영한 글 가운데서 멘토 글을 고른다. 그래야 주제를 전개하는 방식이나 문장에 담아내는 기법을 흉내 내고 싶어진다. 또한 '훌륭한 글'로 소문이 났으나 너무 복잡하고 심오하여 이해하기 어렵다면 멘토 글로 적당치 않다.

글쓰기 연습에 주도권을 잃지 말아라

《150년 하버드 글쓰기 비법》이라는 대표작을 출간한 이후 내가 자주 요청받은 집필 주제가 있다. 카피 북이다. '필사하면 좋은 텍스트를 골라 엮은 책'이다.

나는 십수 년째 '글을 잘 읽고 쓰려면 따라 쓰라'는 캠페인을 벌여 왔고, 이 방면에서 베스트셀러를 출간했다. 그러니 필사 전도사가 추천하는 필사를 위한 글 모음책을 출간해 '책에 수록한 글귀를 필사하는 것만으로 글쓰기를 잘할 수 있다'고 주장하면 독자에게는 거절할 수 없는 명분이 될 만하다.

카피 북 제안에는 이런 단서도 붙는다. '요즘 누가 신문을 보느냐, 신문 칼럼 대신 읽으면 위안이 되고 필사하면 응원받는 느낌을 주는 구절들을 찾아 묶어 내자'고 말이다. 그러면서 '방송이나 SNS를 추적하여 유명한 사람들이 필사하는 글들을 묶으면 독자들이 필사할 글을 고르는 시간과 에너지를 줄여 필사에 몰두할 수 있으니 쉽고 편한 것을 찾는 요즘 독자들이 좋아하지 않겠냐'고 세일즈 포인트까지 강조한다.

이런 제안이 달콤하지만, 나는 단호하게 거절한다. 내가 강조하는 것은 필사, 즉 베끼기가 아니다. 내가 십수 년간 사람들에게 추천한 글쓰기 연습은 잘 쓰인 글을 따라 쓰는 것이다. 이 연습법에서 효과를 얻으려면 '어떤 글을 골라 어떻게 연습하는가'에 달렸다. 글쓰기 연습 목표에 부합하는 멘토 글을 선정하는 것이 우선 중요하고, 그 멘토 글을 단순히 베끼는 것이 아니라 다시 쓰고, 바꿔 쓰고, 고쳐 쓰면서 따라 하는 '의도에 맞는 의식적인 연습'을 해야 한다. 그래야 의미 있는 결과를 만들 수 있다. 따라서 누군가 골라 준 글귀를 그저 베끼는 것에 불과한 카피 북을 출간하자는 제안에 응할 수 없다.

프랭클린처럼 최고의 글을 모방하고, 넘어서는 글쓰기를 연습하려면 멘토 글을 직접 골라야 한다. 글쓰기를 연습하는 사람이 자신의 관심사와 독해력 수준에 맞는 글을 고르는 것이 무엇보다 중요하다. 물론 전문가에 의해 편집된 글이어야 한다. 다른 사람이 필사했다며 추천한 글은 그 사람의 관심사에 부합된 것이고, 이러한 글은 추천해 준 사람의 독해력이 기준이기 때문에 자신에게 맞지 않을 수 있다.

모두의 관심과 모두의 독해력 수준에 맞는 글이란 있을 수 없다. 학령에 맞게 제작된 교과서에 실린 글들이 그나마 이에 가깝다. 글쓰기를 연습하는 사람마다 글쓰기 연습의 목표도 다르고, 수준도 독해력도 제각각이다. 그러니 일방적으로 제시되는 한두 구절을 필사하는 것만으로 문장력과 어휘력이 단번에 좋아질 수 없다. 글쓰기가 그렇게 쉽게 좋아질 기술이라면 글쓰기로 고생하는 사람도 없을 것이다.

내가 반복해서 강조하고, 추천하는 프랭클린 글쓰기 비법의 핵심은 신문 칼럼 따라 쓰기다. 나는 멘토 글로 신문 칼럼을 추천한다. 그러니 '요즘은 신문을 읽지 않으니, 신문 칼럼 대신 쉽고 편하게 읽히는 글을 필사용으로 제시하자'는 제안은 프랭클린 글쓰기 비법과는 전혀 무관하다. 잘 읽히는 글쓰기를 연습하자는 의도에 맞지 않는다.

만약 뱃살을 빼겠다면서 요가에만 집중한다면? 뱃살은 스트레스로 인한 과식이 원인이고 따라서 요가나 명상 같은 방법으로 스트레스를 관리하면 뱃살을 뺄 수 있다는 주장이라면? 물론 요가를 하다 보면 뱃살이 빠지기도 할 것이다. 그 또한 그에 맞춤한 특정 요가 동작을 오랜 시간 수련할 때 가능한 일이다.

한 달 안에 뱃살을 빼 허리 사이즈 1인치 줄이겠다면 그에 맞춤한 방법으로 운동을, 식이 요법을 통해 식습관을 비롯한 생활 습관도 개선해야 한다. 뱃살을 빼려면 뱃살 빼기에 특화된 방법을 동원해야 한다. 이처럼 따라 쓰기 연습으로 글쓰기 기술을 개선하려면 목표별로 특화된 연습을 해야 한다.

프랭클린 따라 쓰기 연습법이 성공하려면 프랭클린이 그러했듯, 따라 쓰기 당사자에게 주도권이 있어야 한다. 그래야 글쓰기에 관한 자신의 결점과 약점을 개선하여 글쓰기 기술을 향상시킬 수 있다. 멘토 글을 직접 고르는 과정은 생각보다 의미가 크다.

• 자기주도적 학습

따라 쓰기로 글쓰기 기술을 개선하고 향상하는 연습을 주도적으로 하게 된다. 자신이 모방하고 싶은 글을 찾으며 해당 글을 쓴 필자가 사용하는 구성법, 글쓰기 스타일, 기법 등에 관심을 갖게 된다.

• 비판적 사고력 발휘

멘토 글을 고르는 과정에서 글들을 평가하고 분석하는 능력을 키운다. 그 결과 자신이 어떤 글을 좋아하는지 싫어하는지를 알게 된다. 이 과정에서 비판적 사고력이 향상되고 글쓰기에 대한 나름의 기준을 세운다. 비판적 사고력은 글을 잘 쓰는 사람에게서 발견되는 중요한 능력이다.

• 개별 맞춤 연습

자신이 공감하는 주제와 글쓰기 스타일에 맞는 멘토 글을 직접 골라 선택하면 연습에 대한 몰입도와 동기가 지속된다.

멘토 글을 직접 고르다 보면 다양한 글을 많이 접하게 된다. 어떤 글들이 어떻게 쓰였는지 살핌으로써 글쓰기 창의성도 개발된다. 잘 읽히는 글, 잘 쓰인 글을 알아보는 감각과 안목이 늘어난다.

바틀비 쓰기와 프랭클린 쓰기의 차이점

남캘리포니아대학교 스티븐 크라센 교수는 충분한 인풋(읽기)이 이루어지면 아웃풋(쓰기)은 자연스럽게 이루어진다고 주장한다. 크라센 교수가 '내추럴 어프로치'라 명명한 이 이론의 핵심은 '어떤 글을 어떻게 입력하느냐'다.

"쓰레기를 넣으면 쓰레기가 나온다(garbage in, garbage out)"는 말은 컴퓨터 공학의 제1 진리다. 어떤 글을 읽느냐가 그 사람이 쓰는 글의 질을 결정한다. 이것은 글쓰기 공학의 진리다.

프랭클린 글쓰기 연습법은 잘 쓴 글을 다시 쓰고, 바꿔 쓰고, 고쳐쓰기 하면서 잘 쓰인 글의 기법을 정신에 새긴다. 이것을 필사, 즉 베끼기로 잘못 이해하면 '맘에 드는 글을 베낀다'에 그치고 만다. 이 방법대로라면 1만 시간을 반복해도 당신의 글쓰기는 나아지지 않는다. 이런 방법을 나는 '바틀비 베끼기'라 부른다.

허먼 멜빌의 소설 《필경사 바틀비》의 주인공은 바틀비다. 그는 미국 증권가 월스트리트에 있는 법률 사무소에서 필경사로 일한다. 아직 인쇄기와 복사기가 널리 사용되기 전이므로 그가 하는 일은 깃펜과 잉크로 문서를 베끼는, 필사하는 것이다.

어느 날 그는 문서 베끼기에 회의를 느끼고 일을 시키는 고용주에게 "하지 않는 편을 택하겠어요"라고 말한다. 이렇게 시작된 바틀비의 저항은 한도 끝도 없이 계속됐고, 화가 치민 고용주는 그를 버렸다.

바틀비는 명령받은 대로 성실하게 문서 내용을 베꼈다. 그의 일은 원본을 그대로 옮기는 것이 중요했기에 글의 내용이나 형식에는 흥미도, 관심도 가질 필요가 없었다. '묵묵히, 창백하게, 기계적으로' 해야 하는 일이었다.

바틀비처럼 단어 하나하나 그대로 옮겨 쓰는 것은 프랭클린이 우리에게 알려 준 최고를 모방하는, 따라 쓰기 연습이 아니다. 1만 시간의 법칙을 창안한 안데르스 에릭슨 박사가 말하는 '의식적 연습'이 아니다.

잘 쓴 글을 따라 쓰는 것은 베껴 쓰기가 아니다. 주의 깊게 읽기다. 그 글을 쓴 작가처럼 읽기 위해 '쓰기'를 활용한다. 내용이 무엇에 관한 것인지를 파악하는 것은 물론, 어떤 방법으로, 방식으로 글로 써내는지도 예의주시하며 읽기다.

프랭클린처럼 따라 쓰기 연습을 하려면 세심한 주의력으로 집중해야 한다. 문장 표현은 물론 구두점 하나에서 문장 부호까지 옮겨 쓰며 필자의 의도를 짐작해야 한다. 이 과정을 거쳐야 필자가 의도한 사고의 과정을 추적하며 문장으로 표현되기까지의 경로가 따라 쓰기 하는 사람의 내면에 이식된다.

따라 쓰기를 몇 번 해 본 사람들은 이런 질문을 많이 한다.

"몇 줄씩 옮겨 쓰면 되나요?"

내 대답은 이렇다.

"의미 단위별로 끊어 읽고 의미 단위별로 외워 옮겨 쓴다."

여기서 말하는 의미 단위란 의미상 관련 있는 하나의 생각 묶음을 말한다. 의미의 단위는 문장 한 줄일 수도 있고, 문장이 연결된 구절일 수도 있고 또는 한 단락일 수도 있다. 넓게 잡으면

한 편의 글이 하나의 의미를 전달하는 단위일 수도 있다. 좁기로 치면 단어 하나일 수도 있다.

의미 단위대로 따라 쓰면 잘 쓰인 한 덩이의 생각이 뇌의 저장고에 차곡차곡 쌓인다. 이렇게 저장된 글은 이후 글을 쓸 때 인출돼 쓰고자 하는 내용을 받아 내는 금형 역할을 한다.

의미 단위는 하나의 독립된 의미를 만드는 문장의 집합이기 때문에 의미 단위로 글을 읽을 수 있어야 의미 파악이 쉽다. 의미 단위로 글을 읽으면 글 속에 낯선 단어나 개념이 보여도 맥락 차원에서 넘겨짚을 수 없다.

하지만 의미 단위로 읽지 못하고, 단어 하나하나를 읽거나 두어 단어 혹은 짧은 구절 단위로 짧게 끊어 읽어 버릇하면 낯선 단어, 내용을 만나면 읽고 싶은 의욕이 사라진다. 단어들 자체의 의미에만 집착해 이해력에 문제가 생긴다. 프랭클린은 이렇게 말했다.

"읽기란 원래 글로 쓰인 필자의 생각을 이해하기 위한 매우 능동적이고 적극적인 행위다. 제대로 읽는, 뇌를 자극하는 읽기는 생각을 자극하여 깊어지게 만들며, 새로운 생각들로 뻗어 나가게 한다."

이 단락의 내용을 의미 단위로 쪼개면 이 단락 전체가 하나다. 굳이 둘로 쪼개면 이렇다.

① 읽기란 원래 글로 쓰인 필자의 생각을 이해하기 위한 매우 능동적이고 적극적인 행위다.
② 제대로 읽는, 뇌를 자극하는 읽기는 생각을 자극하여 깊어지게 만들며, 새로운 생각들로 뻗어 나가게 한다.

이렇듯 하나의 의미를 두 개의 단위로 쪼개 읽기 때문에 맥락을 이해가 쉽다. 그래서 의미 단위로 내용을 나눠 한 번에 하나씩 외우고 옮겨 써야 한다. 반면에 일반적인 암기 능력으로 외울 수 있을 만큼 정보를 쪼개면 단어 하나하나 기껏해야 짧은 구절 하나씩 옮겨 쓸 뿐이다.

① 읽기란 원래
② 글로 쓰인 필자의
③ 생각을 이해하기 위한
④ 매우 능동적이고
⑤ 적극적인 행위다
⑥ 제대로 읽는,

⑦ 뇌를 자극하는 읽기는

⑧ 생각을 자극하여 깊어지게 만들며,

⑨ 새로운 생각들로 뻗어 나가게 한다.

의미 단위가 아홉 개의 조각으로 나뉘면 뇌에서는 처리해야 할 정보가 너무 많아져 이해가 더디다. 의미 단위별로 외우고 옮겨 쓰면 두 번이면 될 것을 아홉 번이나 해야 한다. 이러면 글쓰기 연습이 피하고 싶은 피곤한 행위로 전락한다. 피곤하기만 할 뿐 효과가 전무한 이 방법이 내가 말하는 바틀비처럼 영혼 없이 하는 베껴 쓰기다.

잘 읽는 사람이 곧 잘 쓰는 사람이다

글을 잘 쓰는 사람은 잘 읽는 사람이다. 잘 쓰는 사람은 많이 읽고, 잘 읽고, 늘 읽는다. 많이 읽지 않는 사람은, 읽기를 통해 잘 쓴 글을 경험하지 못한 사람은 잘 쓴 글을 흉내 내지도 못한다. 잘 쓴 글을 모방해야 잘 쓴 글의 심적 표상이 내면에 구축되기 때문이다. 잘 쓴 글에 대한 심적 표상이 구축되면 자신이 쓴 글 뿐만 아니라 남이 쓴 글도 읽을 수 있다. 읽을 수 있으면 개선도 가능하다. 프랭클린도 이 점에서 예외가 아니었다.

"나의 지성은 책을 많이 읽은 덕분이다. 내가 하는 말이 훌륭하게 들렸다면 그러한 이유 때문이다."

《프랭클린 자서전》과 《가난한 리처드의 연감》, 《부자가 되는 길》같이 지금 우리가 단행본으로 읽을 수 있는 프랭클린의 글은 18세기 영미 문학의 대표적인 산문으로 손꼽힌다. 《프랭클린 자서전》은 미국을 만든 책 중 첫 번째로 소개된다.

나는 프랭클린이 독학으로 해낸 글쓰기 연습에 대한 내용을 자서전에서 읽으면서, 그 역시 읽기 능력을 개발하여 잘 쓴 글에 대한 안목이 있었기에 이러한 연습이 가능했음을 확인했다. 프랭클린은 또한 자신이 쓴 글도 냉정하게 평가할 수 있었다. 글을 읽을 줄 아는 사람만 가능한 행위다. 쓰는 힘은 읽는 힘을 바탕으로 할 때 가능하다.

"어려서부터 나는 글 읽기를 좋아했다. 내 손에 들어온 돈은 모두 책을 사는 데 들어갔다."

프랭클린을 만든 것은 그의 노력도 있었지만, 그를 둘러싼 환경적 운도 무시할 수 없다. 1630년 보스턴 1세대인 초기 이민자들이 보스턴으로 건너올 당시, 그들은 겨우 50여 권의 책만 챙겨 왔다. 그런데 프랭클린이 태어날 무렵에 고전, 과학, 신학 분야의 책을 소장한 사설 도서관이 생겼다. 이러한 환경 덕분에 프랭클린은 어릴 때부터 책 읽기를 좋아하게 됐고, 어쩌다 돈이 생기면 책을 샀다.

"이 책들이 있었던 덕분에 나는 매일 1시간 또는 2시간 공부할 수 있었고, 아버지가 한때 나를 위해 의도적으로 학문적인 교육을 받게 하지 않았던 사정을 어느 정도 만회할 수 있었다."

프랭클린은 12살 때부터 형의 인쇄소에서 일하며 친하게 지내던 책방의 견습 점원들로부터 책을 빌려 볼 수 있었다. 물론 책에 때를 묻히지 않고 깨끗이, 그것도 아주 빨리 돌려줘야 했다. 낮에 손님 책을 찾을 때 없으면 안 되기 때문이었다. 그러니 저녁에 빌려와서 밤새워 읽고는 아침에 빨리 돌려주는 수밖에 없었다.

"독서만이 유일한 오락이었던 나는 술과 유희에 시간을 사용하지 않았고 필요한 만큼 나를 위한 노력을 계속했다."

그가 재미있게 읽은 책 중에 《천로역정》이 있다. 이 책의 저자인 존 버니언은 서술과 대화를 섞어 가면서 글을 쓴 최초의 작가다. 프랭클린은 《천로역정》을 통해 흥미진진한 이야기로 독자들이 작품 속에 빠져들게 하는 매력적인 글쓰기를 알아봤다.

이런 글을 읽으면 독자들은 마치 자신이 작품 속의 인물들과 얘기를 나누는 듯한 느낌을 받게 된다는 것도 알았다. 책 읽기에 재미를 들인 프랭클린은 버니언의 책을 사서 읽고, 읽은 책은 되팔아 다른 책을 사서 읽으며 읽은 책 리스트를 늘려 갔다.

"지금 생각해 보니 한창 지식에 목말라하던 그 시기에 더 많은 책을 읽을 수 없었던 것이 참으로 안타깝다. 그때 아버지의 서재에 있던 《플루타르크 영웅전》을 나는 몇 번이고 읽었는데, 지금 생각해도 내게 큰 도움이 되었던 것 같다."

디포의 《기업론》과 매더 박사의 《선행론》 같은 책도 그 시기에 읽었다. 이런 책들은 프랭클린의 사고방식을 크게 변화시켰고, 훗날에 일어난 몇 가지 중요한 일에도 커다란 영향을 줬다.

"어느 날 우리 인쇄소에 자주 오곤 하던 매튜 애덤스 씨라는 사람이 나를 눈여겨보다가 자기 집으로 나를 초대했다. 그의 서재에는 무척 많은 책이 꽂혀 있었다. 그는 친절하게도 내가 읽고 싶어 하는 모든 책을 빌려줬다."

프랭클린이 글쓰기 수련기 때 읽은 책 중 한 권은 그의 인생에 아주 큰 영향을 끼쳤다. 코튼 매더의 에세이였다. 이 책은 후에 프랭클린이 '두굿'이라는 필명으로 신문에 글을 기고할 때 방향성을 정해 줬다.

"나는 항상 다른 어떤 종류의 명성보다 선을 행하는 행자의 성격에 더 큰 가치를 뒀기 때문이다. 그리고 만약 내가, 당신이 생각하는 것처럼, 유용한 시민이었던 것 같다면, 대중은 그 책의 이점에 빚을 지고 있다."

손에 닿는 대로 읽다 보니 프랭클린에게 행운도 찾아왔다. 철학서 인쇄를 위해 활자를 짜다가 철학서의 내용에 근본적인 오류가 있다고 느꼈다. 그 내용을 다시 정리하여 소책자로 소량 인쇄했다. 프랭클린이 만든 소책자를 읽은 라이온스라는 사람이 프랭클린을 사상가 버나드데 만데빌에게 소개해 줬다.

쓰는 힘은 읽는 힘이 만든다. 읽는 힘은 글과 책에 무한 노출될 때 길러진다. 버락 오마바도 술회한다. 그는 한때 뉴욕에서 발간되는 최대 규모의 대안 신문인 〈빌리지 보이스〉에서 무보수 인턴으로 일했다. 1년 동안은 우편물을 개봉하고 다른 사람들의 지출 품의서를 처리하는 일만 했지만, 그래도 그곳에서 일하게 되어 정말 기뻤다. 밝은 얼굴로 열심히 일하다 보니, 점점 월급이 오르는 정식 직원이 되었고 아무도 쫓아낼 수 없는 일꾼이 되었다. 버락 오바마는 당시를 이렇게 회상했다.

"글쓰기를 무척 좋아했지만 일을 처음 시작했을 때는 정작 글솜씨가 별로 좋지 못했다. 하지만 존경하는 작가와 편집자들 주변에서 시간을 보내고, 또 비는 시간이 생길 때마다 기록 보관소에 있는 과월호를 탐독하다 보니 어느새 작가, 비평가, 기자가 되는 법을 깨치게 됐다."

프랭클린이 글쓰기를 연습한 이 방법을 '역설계'라는 개념으로 설명하는 심리학자 론 프리드먼은 어떤 작품을 재현하려면 고도의 집중력을 발휘해 원본의 구조적 특징과 스타일을 파악할 때 가능하다고 역설한다.

한 편의 글을 주시하면 그 글에 담긴 의사 결정 패턴을 추적할 수 있고, 그 패턴을 분석하여 나만의 글쓰기에 적용할 수 있다. 이런 작업을 되풀이하면 잘 쓰인 글의 전형이 모방하는 사람의 내면에 하나의 모델로 장착된다.

나는 프랭클린 글쓰기 비법을 잘 익히려면 잘 쓰인 글을 충분히 경험해야 한다고 믿는다. 경험해 본 적이 없는 것은 따라 할 수조차 없다. 잘 쓰인 글을 충분히 접해 보지 못하면 비슷하게 흉내 낼 수도 없다. 역으로, 말이 되지 않고 비문투성인 글을 따라 쓰면 그런 글을 쓰게 된다. 쓰레기를 입력하면 쓰레기가 출력될 수밖에 없다.

벤저민 프랭클린 이야기

하버드에 갈 뻔한 영리한 젊은이

레오나르도 다빈치에서 스티브 잡스까지, 인류에 큰 영향을 미친 인물들의 전기를 쓰는 것으로 유명한 언론인이자 작가인 월터 아이작슨. 그는 프랭클린을 '하버드에 갈 뻔한 영리한 젊은이'라 부른다. 그러면서 '프랭클린이 하버드에 갔더라면 어떻게 되었을까?' 하고 궁금해한다. 아이작슨은 《벤저민 프랭클린: 미국인의 삶》 책에서 이런 속내를 밝힌다.

"일부 역사가들은 (프랭클린이) 하버드에 갔더라면 창의적인 사고와 호기심을 망쳤을 것이라고 추측했다. 그러나 이것은 하버드와 프랭클린 둘 다를 심하게 과소평가한 것으로 보인다."

철학자 데이비드 흄은 '하버드에 갈 뻔한' 양초 공장집 11번째 아들 프랭클린을 '미국 최초의 위대한 작가'라 칭송했다. 하버드 대학교 총장으로 재직한 찰스 엘리엇은 학생들에게 읽히고 싶은 책을 50권 골라 하버드 클래식 전집 《Harvard Classics》을 만들었다. 가장 신중하게 골랐을 첫 번째 책이 《프랭클린 자서전》이다. 자서전에서 프랭클린은 자신의 성공을 한 줄로 요약한다.

"죽어서 묻힌 다음 곧바로 잊히고 싶지 않거든 살았을 때 읽을 만한 가치가 있는 글을 쓰거나, 쓸 만한 가치가 있는 일을 해야 한다."

프랭클린은 10대 시절에도 재능 있는 작가였다고 아이작슨은 말한다. 정규 교육이라고는 2년 받은 것이 전부인데, 프랭클린은 어떻게 10대부터 재능 있는 작가가 되었을까? 프랭클린은 자서전에서 글쓰기 실력을 키우는 데 헌신한 5년간의 기록을 생생하게 전한다.

시작은 형이 일하는 인쇄소에 견습생으로 들어가면서부터다. 책 읽기를 좋아하는 아들의 성향을 알아본 아버지가 인쇄일을 배우도록 권유했다. 서점도 도서관도 없던, 인쇄물이 귀했던 당시 인쇄소라는 일터 특성상 글과 책을 접할 기회가 많았다. 글을 쓰고 인쇄하여 배포하는 행위가 영향력을 미치는 가장 빠른 방법임을 알게 된 프랭클린은 그 기회를 스스로에게 선물했다.

한번은 인쇄소 선임인 형 제임스가 시를 인쇄하여 팔면 돈벌이가 된다고 여겨 프랭클린에게 사랑 시를 쓰게 했다. 시집은 꽤 잘 팔렸다. 하지만 아버지는 시를 쓰면 먹고살기 힘들다며 시 쓰기를 말렸다. 프랭클린은 산문으로 눈을 돌렸다.

"산문은 내가 살아가는 데 무척 유익했고 성공하는 데도 큰 역할을 했다."

프랭클린은 글을 잘 쓰는 것이 어떤 아이디어의 성공에 필수적이며, 좋은 글은 다른 사람들을 자신의 의견으로 설득하는 데 결정적인 기여를 한다고 믿었다. 그가 이룬 모든 것은 이 믿음에서 시작됐다. 변변찮은 배경에도 일찌감치 작가로서 재능을 보인 것은 산문을 잘 쓰고 싶다는 욕심이 커지면서부터다.

그 무렵 친하게 지낸 존 콜린스도 책 읽기를 좋아했다. 그 또래 남자아이들이 그러하듯 둘은 친하면서도 서로 지기 싫어했다. 말싸움도 자주 했다. 한번은 '여성 교육의 적절성과 여성의 학습 능력'에 대해 이야기하다가 다툼이 일어났다.

콜린스는 여자들은 천성적으로 교육을 감당할 능력이 없으므로 여성을 교육하는 것은 부적절하다고 했다. 프랭클린의 생각은 반대였다. 그 이슈에 대한 논쟁은 편지로 이어졌다. 때마침 프랭클린이 쓴 편지글을 아버지가 봤다. 아버지는 프랭클린의 글쓰기에 대해 지적했다.

"내가 인쇄소에 일한 덕분에 철자, 구두법 부분은 상대방보다 훨씬 낫지만, 표현의 간결함, 글을 끌어가는 방법과 명료함에서는 한참 부족하다고 지적했다. 예를 들어 가며 지적하는 아버지의 말에 나는 수긍했고, 이후로 더 나은 글을 쓰기 위해 분투했다."

그러던 중 프랭클린은 〈스펙테이터〉라는 잡지를 알게 됐다. 지금으로 치면 〈뉴요커〉 같은, 유명 인사들의 칼럼을 실은 당대 꽤 권위 있는 잡지였다. 〈스펙테이터〉에 실린 내용과 글에 사로잡힌 프랭클린은 잡지를 여러 권 사서 읽었다. 이내 잡지에 실린 글처럼 쓰고 싶어졌다.

"이 무렵 나는 특이한 한 권의 '관객'을 만났습니다. 나는 그것

중 어떤 것도 본 적이 없습니다. 저는 그것을 샀고, 그것을 반복해서 읽었고, 그것에 매우 기뻤습니다. 나는 그 글이 훌륭하다고 생각했고, 가능하다면 그것을 모방하기를 원했습니다."

4장

왜 쓰는가?

글쓰기 태도

"지식에 대한 투자는 최고의 이자를 지불한다."

-벤저민 프랭클린-

프랭클린 글쓰기 연습법의 궁극적 목표

하버드대학교, 스탠퍼드대학교에서 재직한 코슬린 교수는 2012년에 하버드대학교보다 더 어려운 관문을 뚫고 입학한 미네르바대학교 신입생들이 하버드 대학생보다 더 잘 공부하도록 새로운 수업 방식을 설계했다.

이 설계의 기본은 '의식적 연습의 원리'다. 코슬린 교수는 이 수업 방식에 대해 도전적인 과제를 특정하여 연습하고, 적절한 피드백을 제공하는 것이라고 설명했다. 안데르스 에릭슨 박사가 '제대로 설계된 방법으로 따라 하기'라고 한 그 방법이다.

의식적 연습에는 도전적 과제, 과제에 맞게 설계된 특정한 프로그램, 피드백, 이 세 가지가 반드시 필요하다. 프랭클린은 의도적 연습이 뭔지도 모르면서 이 세 가지가 포함된 방법을 고안하여 글쓰기 연습에 몰두했다.

• 도전적 과제

프랭클린은 간결하고 명확한 그러면서도 우아한 글, 즉 〈스펙테이터〉 잡지에 실린 글처럼 쓰고 싶었다.

• 특정한 프로그램

프랭클린은 〈스펙테이터〉 잡지의 글들을 주의 깊게 읽고 패턴을 분석하고 모방하는 연습을 했다.

• 피드백 받기

프랭클린은 셀프 피드백을 했다. 고쳐쓰기, 다시 쓰기 한 글과 원문과 대조하여 수정하고 개선했다.

이 세 가지가 포함된 글쓰기 연습, 프랭클린처럼 따라 하기가 겨누는 최종 타깃은 '쓰기 유창성 획득'이다. 글을 쓰려고 할 때 크게 애쓰지 않아도 의도한 대로 빠르게 잘 쓰는 능력을 기르는 것이다.

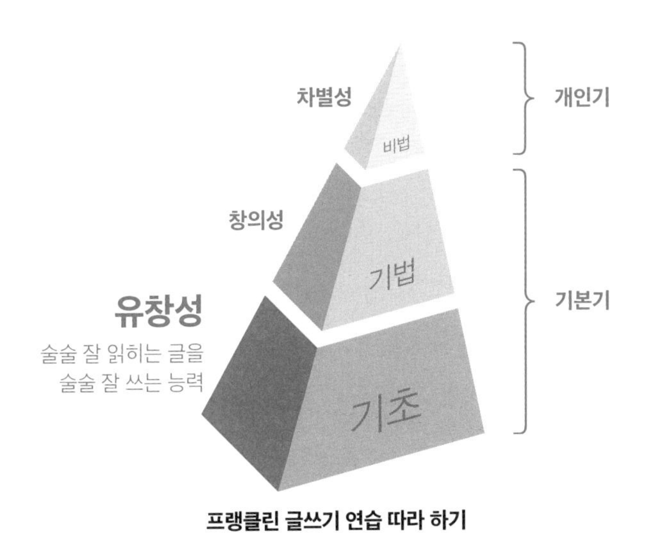

프랭클린 글쓰기 연습 따라 하기

글쓰기는 의도에 맞는 아이디어를 전달하기 위해 단어와 문장으로 생각을 담아내는 행위다. 그러기 위해서는 의도에 맞게 힘들이지 않고 술술 읽히는 글을 써내는 능력이 필수다. 이를 쓰기 유창성이라 한다. 독자가 쉽고 빠르게 이해하도록 글 쓰는 능력, 내용을 짜임새 있게 전달하고 이해시켜 의도한 대로 독자가 반응하게 하는 능력이다.

무슨 생각이든 글로 써내기가 수월하지 않으면 무슨 글쓰기가 잘될 리 없다. 이를 '유창성 장애'라 한다. 유창성 장애는 내용을 이해하기 쉽게 구성하지 못하는 어려움, 독자가 빠르게 이해하도록 설득력 있게 표현하는 어려움, 맞춤법이나 문법에 맞춰 쓰는 어려움이 복합적으로 작용하여 발생한다. 글쓰기 유창성 장애는 쓰기 장애를 유발한다.

글쓰기가 어렵고 버겁고 부담스러운 사람은 의도에 맞게 글의 아이디어를 선택하기가 힘들고, 글 구조에 대한 이해가 부족하며, 글의 구성에 어려움을 보인다. 주제에 맞춰 생각을 만들어 내기가 버거워 문장이 어색하고, 불완전한 미완성 문장을 많이 쓴다. 진부한 표현, 뻔한 어휘 때문에 읽기가 거북하다.

이러한 쓰기 장애를 가진 사람은 계획, 초안, 작성, 수정, 편집이라는 프로세스에 따라 글을 쓰기보다 생각나는 대로 글을 써 내는 특성을 보인다. 그러니 읽히는 글을 쓰지 못하고 읽히는 글을 쓰려는 노력을 견뎌 내지도 못한다.

반면 글쓰기 유창성을 습득한, 무슨 글이든 술술 잘 읽히는 글쓰기 능력을 가진 사람은 독자에게 어필할 만한 아이디어 만들기가 수월하다. 아이디어에 맞게 글의 구조를 짜서 내용을 구성하며, 논리 정연하게 생각을 배열하는 데 어려움을 겪지 않는다. 이런 토대가 있어야 적절한 단어를 선택하고, 문법에 맞게 문장을 작성하여 가독성을 높이는 데 관심을 기울일 수 있다.

잘 쓴 글, 잘 읽히는 글은 창의성과 독창성으로 완성되는데, 이 두 능력은 유창성 토대 위에서만 발휘된다. 쓰기 유창성 습득이라는 기본기가 되어 있지 않으면 글을 쓰는 내내 두려움, 조바심, 불안 같은 감정에 잠식되어 글을 쓰려는 의도, 아이디어를 놓치기 일쑤다. 쓰기 유창성을 내면에 장착하여 거의 자동적으로 글을 써내는 대신, 글을 쓸 때마다 글쓰기에 요구되는 모든 지식, 기술, 노하우, 팁을 일일이 소환하여 적용해야 한다면 한 줄도 제대로 쓰기 힘들 것이다.

프랭클린 글쓰기 비법의 핵심인 모방 기법은 쓰기 유창성을 습득하는 가장 쉽고 빠른 방법이다. 잘 쓰인 글을 따라 쓰는 일련의 연습은 이런 능력을 내면에 장착한다.

글쓰기는 가르칠 수 없다

피아니스트 조성진은 손가락이 길다. 도부터 솔까지 닿는다. '손가락이 길면 피아노 치기에 유리하지 않냐'고 묻자, 이렇게 답한다.

"모르겠다. 짧아 본 적이 없어서."

글쓰기 연습을 하며 전문가에게 피드백 코칭을 받으면 실력이 부쩍부쩍 향상한다. 하지만 글을 쓰는 전문가나 글쓰기 코치는 글을 못 쓰는 사람을 잘 이해하지 못하는 경우가 있다. 심지어 어째서 그렇게밖에 글을 못 쓰는지 답답해한다. 이 과정에서 감정이 상해 글쓰기 수업을 그만두는 일도 흔하다.

앞서 이야기했듯 프랭클린이 12살 때부터 일했던, 형 제임스가 책임자인 인쇄소에서는 지역 신문을 발행했다. 프랭클린은 형이 발행하는 지역 신문에 필명으로 기사를 썼다. 그가 필명으로 쓴 이유는 신문에 실릴 글을 검토하는 전문 집단(형도 포함된)이 학교에 다니지 않은 어린 견습공이 쓴 글을 잘 썼다고 봐줄 리 없다는 것을 알아서다.

프랭클린은 필명으로 쓴 원고를 인쇄소에 몰래 들이밀고는 형과 친구들이 자신의 글에 하는 칭찬을 즐겼다. 프랭클린은 사일런스 두굿이 쓴 글을 읽고, 많은 독자가 보내는 찬사에 행복했다. 이 즐거움과 행복이 프랭클린에게 글쓰기 연습을 계속해야 할 동기를 부여했다.

나는 프랭클린이 평생에 걸쳐 글쓰기 능력을 사용하여 이룬 성취보다도 그의 글쓰기 연습이 독학으로 이뤄진 것에 한층 매료됐다. 20년 넘게 성인들의 글쓰기 실력을 개선하고 향상하는 데 도움을 주는 강연, 온라인 수업, 워크숍, 컨설팅 등을 통해 글쓰기는 가르치기 불가능한 것'임을, '글쓰기는 혼자 배워야 하는 것'임을 절실히 느꼈기 때문이다.

여느 사교육처럼 글쓰기를 가르치는 일도 가급적이면 빠른 시간 안에 개선되고 향상된 결과를 보여야 한다는 부담이 크다. 하지만 글쓰기는 정신의 활동이라 이러한 결과를 객관적으로 보장할 방법이 없다. 읽기 수준, 사고 수준, 글쓰기 수준이 제각각이기 때문에 그룹 수업에서 가르치고 배우는 것으로 해결되지 않는다.

기자나 카피라이터 같은 글쓰기를 직업적으로 훈련받고 글밥을 먹는 사람들은 피드백을 자청한다. 자신이 쓴 글을 피드백을 받아 수정하고, 보완하는 과정에서 글쓰기가 좋아지는 것을 알기 때문이다. 그러한 경험을 통해 글쓰기에 요구되는 감각과 안목이 길러진다는 것을 잘 안다. 이들에게 잘 쓰지 못했다는 것은 더 잘 쓸 수 있다는 의미다.

하지만 대부분의 성인은 잘 쓰지 못한다는 사실을 들킬까 봐 겁낸다. 이를 약점으로 인식한다. 연륜이 오래되고 사회적 성취가 클수록 글쓰기 초보자가 겪는 혼란과 곤란을 받아들이기 쉽지 않다. 결국 잘 쓰지 못한 글을 고쳐쓰기보다 글쓰기 연습 관두기를 선택한다.

성공하는 사람들에게는 열정과 끈기, 즉 '그릿'이 있다고 주장하는 앤절라 더크워스 교수는 뭔가를 배우는 초보 단계에서는 격려와 자유 속에서 배워야 하고 작은 승리와 박수갈채가 필요하다고 주장한다.

"물론 약간의 비판과 교정을 위한 피드백도 수용할 수 있어야 한다. 연습도 필요하다. 하지만 그런 것들을 너무 일찍, 너무 많이 제공하면 곤란하다. 초보자를 재촉하면 이제 막 올라온 흥미의 싹이 잘릴 수 있다. 한번 잘린 싹을 되살리기는 대단히 어렵다."

더크워스 교수의 지적은 맞다. 글쓰기 기술을 습득하는 초기에 글쓰기에 대한 흥미의 싹이 잘리진 않을지 세심하게 관찰하고 보살피는 작업은 중요하다. 하지만 이는 글을 잘 쓰려고 돈과 시간과 에너지를 투자하여 참여하는 글쓰기 수업에서 기대할 수는 없다. 글쓰기 수업에서는 글쓰기 기술을 키우는 인지적 기술을 가르치지만, 글쓰기 기술은 배운 것을 연습할 때 가질 수 있고, 배운 것을 연습하는 과정에서 얻을 수 있다. 이 과정에서 주로 필요한 것은 끈기와 뚝심 같은 열정적인 마음 능력이다.

성인들의 글쓰기 수업에서 마음 능력 키우기까지를 요구할 수 없다. 자신의 능력에 대한 프레임을 이야기하는 책《마인드셋》에서 심리학자 캐롤 드웩은 큰 성공이나 성취를 이룬 사람들은 외부로부터는 타고난 재능에 대해 찬사를 듣지만, 정작 당사자는 성취의 열쇠로 노력, 끈기, 희생을 꼽는다고 강조한다. 없는 시간을 쪼개 얄팍한 지갑을 열어 참여하는 글쓰기 수업에서 성인들에게 노력, 끈기, 희생을 언급할 여유는 없다.

교육 심리학자 로버트 우드와 앨버트 반두라는 잘 배우는 사람과 그렇지 못한 사람의 차이는 '초보자의 약점을 인정하는가'에 달렸다고 말한다. 배우는 동안 실수와 잘못을 반복하는 자신을 수용할 때 더 잘 배우고 더 오래 배운다는 것이다.

실제로 이렇게 자신의 약점을 받아들이고 실수와 잘못투성이의 자신을 인내하며 글쓰기를 배우는 이는 드물다. 강사의 열정적인 지도가 오히려 글쓰기에 대한 흥미를 가로막는 꼴이 되기도 한다. 이런 경험 끝에 나는 단호하게 '글쓰기는 가르칠 수 없다'고 말한다. 그러나 배울 수는 있다. 혼자서도 얼마든지 배울 수 있다.

왜 글쓰기는 제대로 배우기가 어려울까?

《12가지 인생의 법칙》을 쓴 작가 조던 피터슨 교수는 유튜브 구독자가 230만 명에 이르는 스타 인플루언서인데, 글쓰기가 얼마나 중요한가를 강조한 영상을 자주 올린다.

"여러분이 제대로 생각할 수 있고, 말할 수 있고, 글 쓸 수 있다면 여러분 앞길을 막는 건 아무것도 없어요. 글 쓰는 법을 알려 주는 건 이 누군가에게 제공해 줄 수 있는 가장 강력한 무기예요."

글쓰기라는 강력한 무기를 가진 사람이 드문 것은 글 쓰는 법을 알려 주는 사람이 드물기 때문이고, 글쓰기를 가르치기가 매우 힘들기 때문이라고 곁들인다.

"잘 쓴 글은 이것저것 다 잘했으니 'A' 하고 체크하면 그만이지만, 못 쓴 에세이는 손볼 곳이 하도 많아 채점이 너무 어렵다."

서양의 대학의 교수들에게는 학생들이 쓴 글쓰기로 성적을 매기는 것이 가장 큰 고역이다.

"못 쓴 에세이는 우선 단어도 잘 못 고르고, 문구나 문장도 이상하다. 문장의 순서들은 잘못돼 있고, 문단은 서로 연결도 안 되고…. 아니 글 전체가 그냥 말이 안 된다. 이런 에세이에 '제대로 된 게 하나도 없음'이라고 피드백할 수밖에 없는데, 이러면 글 쓴 사람에게 도움이 안 된다."

20년 넘게 글쓰기를 지도한 덕분에 나는 피터슨 교수의 말에 전적으로 공감한다. 글쓰기를 배우면 생각을 잘 하게 되고, 글쓰기를 배워 생각을 잘 하게 되면 좋은 삶을 살 수 있다. 단, 글쓰기를 제대로 배웠을 때 가능하다. 사고력이 개선되고 삶이 바뀌는 글쓰기 수업은 배운 대로 글을 쓰고, 쓴 글을 피드백받아 수정하고 개선하는 일련의 과정을 한동안 계속할 때 가능하다.

그런데 이런 수업을 만나기가 쉽지 않다. 글쓰기 강의는 넘쳐나도 글쓰기 고수를 만드는 피드백 수업은 거의 없다. 있다고 해도 수업료가 엄청나게 비싼 과정밖에 없다. 그러다 보니 글쓰기를 가르친다면서 피드백 과정을 생략하거나 오탈자나 띄어쓰기를 잡아 주는 첨삭 지도로 때우기 십상이다. 이런 상황에서라면 허구한 날 글쓰기를 배워도 글쓰기 실력은 늘지 않는다.

제대로 된 글쓰기 수업의 기회가 드문 것은 그럴 만한 능력을 가진 전문가가 드물기 때문이기도 하다. 피드백 중심의 글쓰기 수업은 글을 잘 쓴다고, 베스트셀러 작가라고 가능한 일은 아니다. '이렇게 쓰세요, 저렇게 쓰지 마세요' 같은 조언은 누구나 할 수 있다. 하지만 누군가 쓴 글에 대해 아이디어부터 글의 짜임새, 표현에 이르기까지 검토하면서 수정과 보완할 부분을 어떤 부분을 일일이 피드백하면서 코칭하는, '데스킹'이 가능한 사람은 드물다.

데스킹은 신문이나 잡지, 방송, 출판 분야에서 내공을 기른 사람만이 가질 수 있는 전문적인 능력이다. 데스킹이 가능한 전문가에게 글쓰기 지도를 받아야 글에서 발견되는 오류의 원인을 짚어 주고 대책을 알려 주는 한편 그러한 오류를 사전에 막는 방법까지도 코칭받을 수 있다. 글의 완성도를 높일 수 있다. 역설적으로 글쓰기 강의를 수백 시간 듣는 것 보다 이러한 능력을 지닌 전문가를 만나 단 한 번이라도 피드백 수업을 듣는 것이 글을 잘 쓰기 위한 지름길이다.

프랭클린은 스스로 데스킹했다. 잘 쓰인 글을 일일이 분해하고 따라 하고, 재조립하고, 평가하고, 확인하는 과정으로 피드백 문제를 해결했다. 매체에 기고한 후에는 독자들의 반응을 보며 피드백을 확인하고, 동료들부터 피드백을 구하는 것으로 글쓰기 기술을 개선했다. 다양한 주제에 대해 토론하고 서로의 글쓰기를 비판하는 상호 개선을 위한 글쓰기 모임을 만들어 운영했다. 이 과정에서 자신의 글을 어떻게 받아들이는지 살피는 방식으로 피드백했다.

'교사의 훈련과 규율 아래서 지식의 세계를 확장하거나 탁월한 학문적 성과를 남긴 사람은 아무도 없다.'

영국의 철학자 존 로크가 한 말이다. 글쓰기는 가르칠 수 없어서가 아니라 독학해야 마땅하다. 자기 주도적으로 자기 페이스에 맞게 스스로 배워야 한다.

가장 효과적인 피드백 방법

의식적인 연습과 단순한 반복의 가장 큰 차이점은 피드백의 여부다. 운동선수든, 작가든 의도적인 연습으로 기술을 숙달한 사람이라면 누구나 자신의 기술이 얼마나 늘었는지 알기 위해 지속적인 피드백을 받는다. '측정'은 가장 효과적이고 가성비 높은 피드백 방법이다.

사회 심리학자 론 프리드먼은 체중 감량이든, 새로운 기술을 익히든, 어떤 일에서든 발전하는 첫 단계는 점수를 기록하는 것이라고 조언한다. 중요한 항목을 수치화해 점검하면 발전이 빨라지고 헛된 수고가 줄어들며 현명한 결정을 내리는 데도 도움이 된다고 설명한다. 그는 자신의 책에서 이렇게 말했다.

"성공에 중요한 핵심 항목을 측정하여 수치화하면 더 나은 결정을 내리고, 꾸준한 노력을 기울이고, 목표를 향한 집중력을 모으는데 도움이 된다. 이것이 바로 측정이 발전을 낳는다는 '점수판 원칙'이다. 당신만의 점수판을 만들어라."

연습법	일	월	화	수	목	금	토
1. 신문 칼럼 따라 쓰기							
2. 다시 쓰기 연습							
3. 멘토 글을 내 것으로 바꾸기 연습							
4. 패러프레이징 연습							
5. 줄여 쓰기 연습							
6. 멘토 글 분해-재조립 연습							
7. 육하원칙으로 논리 빈틈 채우기							
8. 문장 해부 연습							
9. 고밀도 표현 연습							
10. 강력한 문장으로 바꾸기							
11. 의미 함유율 높은 문장 쓰기							
12. 인용하기 연습							
13. 읽을 만한 글 한 편 완성하기							

프랭클린 점수판

이 점수판의 원칙을 300년 앞서 실행한 사람이 있다. 18세기 초, 보다 나은 사람이 되겠다는 야심찬 목표를 세운 프랭클린은 날마다 점검할 체크 항목을 정했다. 점수판을 만들었다. 프랭클린의 점수판은 13가지 덕목으로 구성됐다. 그는 매일 저녁 그날의 목표를 점검하고 기록했다. 그날 실천하지 못한 항목에 체크했다.

왜 하필 13개 덕목이었을까? 13이란 숫자는 프랭클린 당시 미국에게 상당히 의미 있는 미국 식민지 숫자였다. 그래서 프랭클린이 추구한 미덕도 13가지. 2장에서 주시하기-따라 하기-개선하기 3단계를 기반으로 설명한 프랭클린 글쓰기 연습법이 13개인 것은 바로 여기에서 힌트를 얻어서다.

글쓰기 연습을 계획하고, 매번 실행 여부를 체크하고, 기록하면 목표를 이뤄 낼 가능성이 높아진다. 매일 글쓰기 연습 방법을 바꾸는 것보다 한 주 동안 또는 1개월간 하나의 매뉴얼을 연습하는 것이 효과적이다. 매일 연습법이 바뀌면 연습법을 이해하고 익숙해지는 데 시간과 에너지가 소모되어 시간 대비 연습 효과가 떨어진다. 하나의 연습법을 꾸준히 연습하면 집중력이 높아진다.

점수판을 만들어 매일 목표를 달성하고 V표로 체크한다. V표로 빈칸이 채워지면 프랭클린처럼 독학으로 글쓰기 연습이 가능하다. 이 표에 체크하는 것만으로 피드백 효과가 즉시 발생하기 때문이다. 만일 여기에서 제시하는 연습 방법을 매주 하나씩 집중적으로 연습한다면 1년에 네 차례 반복할 수 있다.

당신의 글이 통하는지 점검하라

미국 프로야구 선수 오타니 쇼헤이는 투수로 등판하면 160키로미터의 강속구를 던진다. 사사키 히로시 감독은 쇼헤이 선수를 키운 비결을 묻는 질문에 '그를 가르친 적 없다'고 답했다. 히로시 감독은 '자신이 160키로미터 공을 던져 본 적도 없는데 어떻게 가르치냐는 것'이다. 대신 쇼헤이 감독이 원하는 강속구를 만들어 내도록 사고하는 힘을 가르쳤다고 했다.

설령 사사키 감독이 그런 강속구를 던졌고 또 자신의 투구 폼을 완벽하게 복사하여 쇼헤이에게 전수했다 한들, 결과는 장담할 수 없다. 강속구를 만들어 내는 요인이 투구 폼 말고도 다양하기 때문이다. 누가 공을 받아 주는가, 투수의 근력에서 나오는 힘의 차이, 타자의 머릿속에서 순간순간 머릿속에서 돌아가는 생각까지 베낄 수 없기 때문이다.

이런 이유에서 프로 선수들은 개인 연습에 몰두한다. 스승에게 배우고, 멘토에게서 지도받고, 코치에게서 교정받는다고 하더라도 효과는 일시적이고 일반적이다. 의도한 대로 원하는 결과물은 개인적이고 집중적인 연습에서 자신의 강점과 약점을 발견할 때 가능하다.

글을 잘 쓰는 방법에 대해 가르치고 배울 수 있지만, 배운 대로 실행하여 잘 쓰려면 배운 대로 연습하는 것밖에 방법이 없다. 프랭클린처럼 어느 한 시절 글쓰기 연습에 미쳐 보는 것 밖에 없다. 미쳐야 미칠 수 있으니. 단, 피드백은 반드시 필요하다.

지금까지 소개한 프랭클린 글쓰기 비법과 프랭클린 글쓰기 연습을 따라 하는 13가지 연습법은 혼자 따라 하기에 초점을 맞춘 것이다. 혼자 하는 연습에서 가장 취약한 것이 피드백이다. 의도에 맞게 글을 썼는지 평가하고 수정할 지침을 제공하는 피드백 코칭이 최선이지만, 글쓰기 독학에 맞춤한 셀프 피드백 방법도 많다. 이 방법들의 핵심은 오디션이다. 에세이를 완성하여 시장에 평가받는 작가들의 방법이기도 하다.

• 퍼블리싱 오디션

아툴 가완디는 유능한 외과 의사이면서 베스트셀러 작가다.

"내가 작가가 될 수 있었던 것은 온라인 매체 편집자의 숙련된 편집 실력과 조언 덕분이다."

이렇게 단호하게 말하는 가완디는 1990년대 말, 하버드 의대에서 외과 레지던트로 일하던 중 친구의 부탁을 받았다. 친구는 온라인 매거진 〈슬레이트〉에서 일했는데, 거기에 실을 글을 한두 편 써 달라고 가완디에게 요청했다. 당시 〈슬레이트〉는 널리 알려지지 않은 신생 매체여서 필자를 찾는 데 애를 먹고 있었다. 가완디는 친구의 제안에 응했다. 실력이 형편없지만, 요청받았으니 일단 시도해 보기로 했다.

"작가라는 두 번째 길을 걷기로 결심하는 데 큰 영향을 준 것이 그때 꾸준히 받은 피드백 덕분이다."

가완디가 말하는 피드백이 퍼블리싱 오디션이다. 출판이든, 웹으로든 출간하여 독자의 평가를 받는 방법이다. 내가 가장 애용하는 피드백 방법이기도 하다. 사회 심리학자이자 행동 변화 전문가인 론 프리드먼은 '구글이나 페이스북 같은 온라인 플랫폼들 덕분에 요즘은 누구나 큰돈을 들이지 않고도 자신이 원하는 특정 청중에게 사업이나 창작물의 아이디어를 경험하게 하고, 즉각적인 피드백을 얻는 일이 가능하다'고 강조한다.

"우리는 피드백의 황금기에 살고 있다. 당신의 아이디어를 실험해 볼 청중은 도처에 존재한다. 실험해 보느냐 마느냐를 고민할 것이 아니라, 더 적극적으로 실험할 방법이 무엇인지 궁리해야 한다."

출판을 포함하여 일간지 같은 전통 매체와 유력한 웹진, 사보 등에 글을 실어 보자. 구독자가 많은 블로그에 포스팅해 보는 것으로 독자의 오디션을 받아 보자. 출판사나 매체가 퍼블리싱을 거절한다면, 그 자체로 엄중한 피드백이다. 내용으로나 글쓰기로나 준비가 덜 됐다는 증거이므로. 서점에서, 블로그에서 독자들의 반응이 신통찮다면 그 또한 중요한 피드백이므로.

자유롭게 글을 올리고 글 값을 받는 미디어도 있다. 펀딩으로 돈을 모아 책을 내는 북펀딩 사이트도 있다. 론 프리드먼의 말처럼 적극적으로 외부의 오디션 받아 보자.

• 필명 오디션

오디션 결과가 겁이 나 도전하기 힘들다면 프랭클린처럼 필명으로 오디션을 받아 보자. 프랭클린은 미스 두굿이 되어 지역 신문에 칼럼을 연재하고, 가난한 리처드가 되어 오랜 시간 달력을 출간했다.

추리 소설 작가의 대명사인 애거사 크리스티는 어느 날 사랑을 주제로 한 소설을 쓰고 싶었다. 출판사는 반대했다. 장르를 바꾸면 열렬한 독자층이 팬들이 떨어져 나갈 것이라 했다. 결국 크리스티는 메리 웨스트매콧이라는 필명으로 사랑과 여성의 삶을 주제로 한 소설집을 출간했다. 출판사의 염려대로 흥행에는 참패했다. 《해리포터》 시리즈로 유명한 J.K. 롤링도 비슷한 시도를 했지만, 시장의 반응은 썰렁했다. 이처럼 필명으로 당신의 글을 오디션받는다면 솔직한 피드백을 받을 수 있고 민망함은 최소화할 수 있다.

• 소설 오디션

프랭클린이 만든 글쓰기 모임 준토처럼 자기계발 차원의 글쓰기에 뜻을 둔 사람들이 모여 글쓰기 연습과 작가로서 도전을 함께해도 좋다. 주기적으로 각자 쓴 글을 가지고 모여 서로 의견을 주고 받는 합평회를 한다. 여기서 도출된 피드백을 반영하여 다듬은 글들을 모아 글 모음집을 출간하는 방법도 있다.

이렇게 눈에 보이는 성과를 만들면 글쓰기 연습을 지치지 않고 오래 할 수 있다. 이 방법이 오디션인 것은 '보는 눈'이 있어 글 한 줄 쓰더라도 이를 의식해야 하기 때문이다.

• 셀프 오디션

인쇄소를 경영한 덕분에 프랭클린은 자신이 쓴 글을 자주 인쇄하여 팔았다. 그중 압권은 달력. 25년간이나 판매한 달력은 그에게 부를 안기며 10대에 이미 재능 있는 작가 타이틀을 거머쥐었다. 달력에 실은 조언들을 단행본으로 출간한 《부자가 되는 길》은 식민지 미국은 물론 영국 프랑스에서 출간되어 세계적인 명성을 안겨 줬다.

출판사나 펀딩 사이트 같은 다른 사람이 만든 경로에 기대지 않고 당신이 손수 출간하는 방법도 있다. 셀프 오디션이다. 프랭클린처럼 당신의 글에 당신이 손수 날개를 달아 주는 방법이다. 독립 출판을 지원하는 업체나 채널을 활용하면 수월하다.

한번 배우면 평생 가는 글쓰기 루틴

잘 쓰인 글을 따라 쓰며 모방하는 글쓰기 연습. 프랭클린에게 글쓰기 연습은 '시간이 나면 하는 것'이 아니었다. 시간을 만들어 해야만 하는 필수 미션이었다.

"나는 일을 마친 늦은 밤이나 아직 일을 시작하지 않은 새벽에 짬을 냈다. 인쇄소에서 잠깐 혼자 있는 시간에 또 교회 예배를 빼먹어 가며 글쓰기 연습했다."

프랭클린은 하루 24시간을 세부적으로 계획하고 계획표에 따라 생활했다. 그 계획표를 보면, 낮 12시에서 1시까지를 읽기 시간으로 정해 뒀다.

"적어도 하루 한 시간 여유가 좀 생길 때는 두 시간 가까이 책을 읽었다. 한 시간을 읽을 수 없는 날도 있었지만 그래도 최대한 짬을 내 책을 읽었다. 이 습관은 내 평생 습관이 됐고, 성장의 밑거름이 됐다."

프랭클린처럼 글쓰기를 연습하여 읽을 만한 글을 쓰려면 프랭클린처럼 읽기, 쓰기 시간을 일상 루틴의 일부로 만드는 것 따라 해야 가능하다. 글쓰기를 잘하고 싶다면 의식적으로 글을 써야 하고 글쓰기에 온 정신을 집중하며 글 쓰는 행위를 반복적으로 해야 한다. 그러려면 글쓰기 연습에 필요한 절대 시간을 확보해야 한다. 나는 바쁘고 여유 시간 없다고 외치는 사람이 이러한 시간도 준비 없이 글쓰기를 연습한다고 시작했다가 일주일도 못하는 사람을 수두룩하게 만났다.

"소중한 것을 먼저 하라."

프랭클린에게 배운 성공하는 삶의 비결을 《성공하는 사람들의 7가지 습관》에 담아낸 스티븐 코비가 내세운 '성공하는 사람들의 절대 규칙'이다. 프랭클린은 자신의 삶에 가장 소중한 것을 먼저 했다. 적어도 하루 1시간을 읽고 쓰기에 우선 할애했다.

또한 무라카미 하루키 등 유명한 작가들이 대놓고 따라 쓰는 작가들의 선생님으로 유명한 미국 소설가 챈들러는 "작가라면 적어도 하루에 4시간가량 일정한 시간을 확보해야 한다"라고 말했다.

"그 시간에는 글쓰기 외에는 아무 일도 하지 말아야 한다. 이 시간에 반드시 글을 써야 할 필요는 없다. 내키지 않으면 굳이 애쓰지도 말아야 한다. 글을 읽거나, 편지를 쓰거나, 잡지를 훑어보거나 하는 것도 안 된다. 그 시간 동안에는 글을 쓰거나 혹은 아무 일도 하지 말아야 한다."

챈들러가 글쓰기를 업으로 삼고 싶어 하는 사람들에게 전하고 싶어 한 메시지는 이것이다.

"매일 일정 시간 확보하고 그 시간을 사수하라."

예일대학교, 뉴욕대학교, 컬럼비아대학교에서 글쓰기를 가르친 윌리엄 진서 교수도 같은 생각이다.

"글쓰기는 기능이지 예술이 아니기 때문에 글쓰기가 직업인 사람들은 매일 쓰는 양을 정해 놓고 엄격히 지켜야 한다."

윌리엄 진서 교수는 '강제로 일정한 양을 정기적으로 써내기'가 글쓰기를 배우는 유일한 방법이라고 강조한다. 지금까지 3억 5,000만 부 이상의 책을 판 소설가 스티븐 킹은 매일 10페이지씩(200자 원고지 기준 10매) 쓴다고 했다. 그 정도면 3개월에 책 한 권이 나오는 수준이라고 했다. 생일날도 추수감사절도 빠짐없이 글을 쓴다. 그는 매일 똑같은 시간에 시작하여 2,000단어를 종이나 컴퓨터에 쓴 후에 끝낸다.

"매일 밤 똑같은 시간에 잠자러 가고 그때마다 똑같은 절차를 따름으로써 잠들기 위한 준비를 하는 것과 같다."

자기계발 전문가 다니엘 핑크는 매일 아침을 500자 쓰기가 습관이다. 아침 7시든 오후 2시든 이 일을 하기 전에 다른 일은 하지 않는다. 이메일이나 전화도 금지다. 매일 이렇게 해 나가다 보면 어느새 한 권의 책을 끝낸다고 말한다.

더도 말고 덜고 말고 매일 1시간이면 충분하다

재능을 연구해 온 전문가 대니얼 코일은 우리의 뇌는 하루에 조금씩 자라기 때문에 5분밖에 안 되더라도, 매일 조금씩 연습한다면 의도한 대로 성장할 수 있다며 매일 연습을 권한다.

"이따금 연습한다면 뇌는 매번 연습 내용을 따라잡는 데 허덕거린다. 효과적이지 않다."

의식적 연습의 원리 개발자 안데르스 박사는 장기적으로 '의식적인 연습'을 유지하는 사람들은 연습 시간을 특정하고 사수한다는 공통점이 있다고 밝힌다. 꾸준하고 엄격한 훈련을 가능하게 하는 가장 효과적인 방법 중 하나는 온갖 의무와 방해로부터 자유로운, 연습을 위한 고정 시간을 따로 떼어 두는 것이라고 강조한다.

"특정 영역에서 기술을 발전시키고자 하는 사람이라면 누구든 매일 1시간 이상을 완전히 집중해서 하는 연습에 투자해야 한다."

오랜 시간 워런 버핏의 곁을 지킨 찰리 멍거 부회장은 젊은 시절 변호사였다. 아직 워런 버핏을 만나 투자 세계에 발을 들이기 전 그는 변호사로 시간당 상담료 20달러를 벌었는데, 어느 날 문득 궁금해진다. '누가 나에게 가장 소중한 고객일까?' 여러 날 탐색한 끝에 발견한 그 고객은 바로 '자기 자신'이었다.

멍거는 자기 자신에게 가장 소중한 하루 1시간을 팔기로 한다. 이른 아침 1시간. 팔리지 않는 시간, 팔다 남은 시간이 아니라, 하루 중 가장 에너지 넘치는 비싼 시간을 자신에게 팔기로 한다. 그러고도 남은 시간은 고객에게 팔기로 한다.

이렇게 구매한 비싼 시간에 그가 한 일은 책읽기다. 매일 1시간씩, 수년간 수천 권의 책을 읽자 어떻게 서로 다른 분야의 지식이 상호 작용하는지 알게 됐고, 어떻게 지식이나 돈이 복합적으로 작용하는지 이해하게 됐다. 책 읽기를 통한 공부 덕분에 99세에 타계하기까지 세계적인 투자자로 왕성하게 활동했다. 그는 말한다.

"모든 사람이 자기 자신의 고객이 돼야 한다. 다른 사람을 위해 시간을 팔아 일하는 만큼 자신을 위해 시간을 팔아야 한다."

찰리 멍거가 그랬던 것처럼 워런 버핏, 빌 게이츠, 일론 머스크, 제프 베이조스도 무엇이든 매일 1시간씩 할애하고 원하는 것을 이뤘다. 자기계발 전문가 마이클 시몬스는 프랭클린처럼, 찰리 멍거처럼, 어떤 것이든 매일 1시간씩 일주일에 5시간만 투자하면 원하는 것을 이룰 수 있다며 이를 '프랭클린 5시간의 법칙'이라 부른다. 하루 1시간. 프랭클린처럼 글쓰기 기술이 만들어 내는 기적이 일어나는 데 충분한 시간이다.

'글쓰기 연습이 하루 1시간으로만 될까?'라고 생각할 수도 있다. 미국 국가 글쓰기 위원회는 학생들에게 글쓰기 실력을 키우기 위해 하루에 최소 1시간씩 글을 쓰라고 권고한다. 실제로 미국 고등학생의 31퍼센트만이 하루에 30분을 글 쓰는 데 사용하고 있다고 한다.

나 역시 하루 1시간이라도 의식적인 연습을 하면 글쓰기 기술이 좋아질 수 있다고 확신한다. 하루 1시간으로 될까 싶지만, 글쓰기는 고도의 집중력을 요구하는 정신적인 작업이라 1시간 이상을 매일 할 수 없다. 집중할 수 있는 환경을 만들어 글쓰기 연습에 몰입하는 1시간이 산만하게 오가는 3시간보다 더 효과적이다.

소요 시간보다 중요한 것은 '매일 연습'이다. 하버드대학교 글쓰기 센터에서 수년간 글쓰기를 지도해 온 낸시 소머스 교수는 매일 10분이라도 글을 써야 잘 쓸 수 있다고 조언한다. 글쓰기 기술을 숙달하는 데 연습 자체보다 연습의 질이 중요한 것처럼 매일 연습은 소요 시간보다 일관되게 연습하는 것이 핵심이다.

하버드대학교 메수드 교수는 '글쓰기로 생각하기 과정'을 운영한다. 메수드 교수가 이 과정을 기획한 것은 예일대학교 학부생 시절 경험한 '데일리 테마'라는 과목에서 영감을 얻어서다. 1907년에 처음 개설되어 예일대학교에서 가장 오래된 강좌인 이 과정은 매일 300단어 분량의 글을 작성하기가 전부다. 일상적으로 글을 쓰는 습관을 만들고, 창의력을 기르는 것이 목표인 예일대학교가 자랑하는 과정이다.

벤저민 프랭클린 이야기

일생에
한번은
글쓰기에 미쳐라

“글쓰기가 사람들을 하나로 묶어 놓았고, 먼 과거에 살던 사람들과 오늘을 사는 우리를 하나가 되게 했다. 책은 인간으로 하여금 시간의 굴레에서 벗어나게 했다.”

시간이 흘러도 ‘우주를 다룬 대중 과학서의 최고 걸작’이라는 수식어가 바래지 않는 책 《코스모스》의 저자 칼 세이건이 한 말이다. 그러므로 글쓰기를 통해서 우리 모두는 마법사가 됐고, 글쓰기야말로 인간의 가장 위대한 발명이라고 칼 세이건은 선언했다.

학교라고는 2년 다닌 게 전부지만, 프랭클린은 ‘박사’다. 피뢰침, 다초점 렌즈, 도서관, 소방서…. 기상천외한 발명을 하고 발견한 덕분에 그 업적을 영국으로부터 인정받고 하버드대학교 등에서 명예박사 학위를 받았기 때문이다.

그런데도 전기 작가 월터 아이작슨은 프랭클린이 발명한 것 중 가장 흥미롭고 끊임없이 재창조된 것은 바로 '그 자신'이라고 말한다. 칼 세이건이 인증한 대로 글쓰기가 인류에게 최고의 발명이니, 10대에 글쓰기 기술을 장착하고 평생에 걸쳐 그 기술을 사용하여 미국 안팎에 영향을 미친 '프랭클린' 역시 위대한 발명이 맞을 것이다.

'누구든 무엇이든 1만 시간만 하면 잘하게 된다.'

이 법칙이 소문난 것은 말콤 글래드웰이 《아웃라이어》라는 책에서 소개하고부터다. 이 책이 세계적인 베스트셀러가 되면서 너도나도 1만 시간에 집착하기 시작했다. 그러자 이론의 원작자, 안데르스 에릭슨 박사가 이의를 제기했다. 1만 시간의 법칙은 '시간'의 문제가 아니라 방법의 문제라고. 급기야 오보의 주인공인 말콤 글래드웰도 내용을 바로잡았다.

"내가 골프를 2만 시간 친다고 해도 절대 타이거 우즈가 될 수 없다. 첼로를 20년 켠다고 해도 요요마처럼 연주할 수는 없다. 내가 말하고자 한 바는 그 어떤 재능이든 완전하게 발달하고 표현되기 위해서는 엄청난 양의 연습이 필요하다는 것이다."

안데르스 박사는 '엄청난 양의 연습이 필요하다'는 막연한 설명이 더욱 불편했다. 그는 결국 《1만 시간의 재발견》이라는 책을 통해 명확하게 설명하고 바로 잡았다. 1만 시간을 하든, 100시간을 하든, 안데르스 에릭슨이 말한 1만 시간의 법칙 효과는 '어떻게 연습하느냐'에 달렸다. 의도한 대로 의식적으로 연습하지 않으면 10만 시간도 의미 없다. 의식적인 연습은 목적 의식에 의해 작동하는데, 글쓰기 기술 향상이라는 목표를 매번 명확히 설정하고 이를 달성하기 위해 구체적으로 연습법을 계획하여 접근해야 한다.

프랭클린이 목표한 것처럼 '읽을 만한 글'을 쓰려면 글쓰기가 만만해야 한다. 글쓰기 앞에 주저함이 없어야 한다. 어떤 의도든 글로 표현하고, 전달하고, 실현하기에 부족함이 없어야 한다. 어떤 경우에든, 어떤 의도에서든 술술 잘 써낼 수 있어야 한다. 이 정도 글쓰기 기술은 '재능급'이다. 글쓰기 재능에 요구되는 핵심 기술에서 세부적인 기법까지 빠짐없이 그리고 일정 수준 이상으로 습득해야 한다. 재능 전문가 대니얼 코일은 이렇게까지 말한다.

"핵심 기술을 조금씩 습득하는 정도가 아니라 그 기술을 최대치로 발휘할 수 있을 때까지 갈고닦아야 한다. 테니스 선수라면 '서브 토스'를, 영업 사원이라면 '20초 영업 토크'를 핵심 기술 과제로 선택하여 눈을 감고도 할 수 있을 정도로 연습하는 것이다."

잘 쓰인 멘토 글을 주의 깊게 따라 쓰는 연습만으로도 글쓰기에 필요한 감각과 안목을 기르기에 충분하다. 하지만 글쓰기에 있어 취약한 부분을 개선하거나 잘못된 습관을 바꾸고 싶다면, 세부적인 목표를 구체적으로 설정해야 한다. 목표를 쪼개 하나하나 연습해야 한다. 독학을 한다면 독학에 특화된 프로그램대로 연습해야 한다. 그래야 프랭클린처럼 자신의 운명도, 국가의 운명도 새로 고침하는 글쓰기 재능을 만들 수 있다.

읽고 쓰기는 당신에게
기적을 가져다줄
강한 힘이다

"죽어 잊히지 않고 싶다면

읽을 만한 글을 쓰고 글쓸 만한 일을 하라."

-벤저민 프랭클린-

벤저민 프랭클린만큼 수식어로 차고 넘치는 사람도 드뭅니다. 그가 평생에 걸쳐 완성하려고 한 삶의 목표는 이것입니다.

'읽을 만한 가치 있는 글을 쓰거나 글쓸 만한 가치 있는 일을 하거나.'

'짧고 강렬한 텍스트'가 소비되는 시대입니다. 정보 과부하 현상에 팝콘처럼 터져 나는 자극만 찾아 다니는 팝콘 브레인 시대에 짧고 강렬한 텍스트로 소통하는 능력은 가장 중요하게 요구되는 재능입니다. 그런데 이제는 이마저도 AI가 다 해 줄 수 있게 됐습니다. 글도, 책도, 보고서도 AI가 다 써 주고, 심지어 읽기도, 요약하기도 AI가 더 빠르게 잘할 겁니다.

'프랭클린 글쓰기 비법이 무슨 의미가 있을까?'
'글쓰기 능력이 필요 없지 않을까?'

짧아서 강렬하고, 강렬하기에 짧은 텍스트는 진중한 사고 능력으로 길어 올릴 수 있습니다. 하지만 스마트폰과 숏폼 영상에 포위된 현실에서 깊게 생각하는 능력은 설 땅이 없습니다. 그럼에도 갈수록 문제가 고약해지고, 들어 본 적 없는 문제들에 시달리면서 의사 결정은 문제를 이해하고, 파악하고, 해결책을 모색하는 깊은 사고에 기댈 수밖에 없습니다. 이런 사고는 글쓰기라는 도구 없이는 불가능합니다. 이것이 AI 시대인 지금 18세기를 살다간 벤저민 프랭클린을 소환하는 이유입니다.

2024년 파리 올림픽 기간 중 구글이 겪은 마케팅 실패 사례를

볼까요. 구글은 '올림픽 스타에게 팬레터를 쓰고 싶어 하는 딸에게 AI 챗봇 사용을 권해 보라'는 내용의 광고를 내보냅니다. 광고가 공개된 직후 비판이 쏟아졌습니다. 진심을 담는 편지를 쓰는 데 AI를 사용하는 것에 대한 반감이 극심했기 때문입니다. 결국 광고는 중단됐습니다. 셸리 팔머 시러큐스대학교 교수는 자신의 블로그에 이렇게 항변합니다.

"아버지는 딸이 솔직하게 자신의 말을 사용해 진정성 있게 소통하는 법을 알려 줘야 하는데, 이를 대신하여 AI에 의지하도록 가르치고 있다."

구글은 광고를 내리며 사과 성명을 냅니다.

"우리는 AI가 인간의 창의성을 향상시키는 훌륭한 도구가 될 수 있지만 결코 대체할 수는 없다고 믿는다."

글쓰기는 성인 지적 발달에 접근하는 가장 유효한 수단입니다. 저는 레프 비고츠키의 주장을 열렬하게 지지합니다. 프랭클린 시대든, AI의 시대든 글쓰기 연습이 중요할 수밖에 없는 이유를 비고츠키에게 들어 봅니다.

"성인의 지적 발달 과정에서는 주의력과 기억력이 바탕이 된 분석과 종합의 두 과정이 매우 중요한데, 글쓰기가 성인의 지적 발달에 접근하는 가장 유효한 수단이다."

더불어 기억해야 할 것은 글쓰기는 영상이든, 이미지든, 대면으로든 자신을 드러내고 소통하는 데 반드시 필요한 밑그림을 만드는 텍스트라는 것입니다. 이후 어떤 기술이 어떤 소통 방식을 만들어 내든, 그 밑그림을 창안하고 만들어 내는 데 텍스트가 빠질 리 없다는 점도 AI 시대에 글쓰기 기술을 개발해야 할 이유입니다.

"우리가 사랑하는 것들이 우리를 만들고 다듬는다."

괴테의 말입니다. 읽힐 만한 가치가 있는 글을 쓰기 위해 10대 때 수년 동안 글쓰기 연습에 매달리고 그렇게 확보한 글쓰기 기술로 글쓸 만한 가치 있는 일을 했던 사람. 글쓰기에 관해 욕심이 참 컸던 인물. 프랭클린이 사랑한 글쓰기가 그를 만들고 다듬었음을 누구라도 인정할 수밖에 없을 것입니다.

세일즈포스의 CMO(최고마케팅임원) 겸 CCO(최고고객임

원) 발라 아프샤르는 '배우는 법을 배워 자신을 변화시키기'가 21세기의 초능력이라 합니다. 글쓰기 연습으로 지적 발달을 부추기고 배우는 법을 배워 자신에게 기회를 준 12살 프랭클린은 그래서 기적을 만든 초능력자입니다.

운명은 기회의 문제가 아니라 선택의 문제입니다. 기다리는 것이 아니라 성취하는 것입니다. 프랭클린이 그랬듯, 그 거룩한 여정에 글쓰기 기술은 단 하나 요구되는 능력입니다.

이 책을 쓰는 동안 저는 미니시리즈 〈프랭클린〉을 여러 번 봤습니다. 스테이시 시프의 저서 《대단한 즉흥: 프랭클린, 프랑스, 그리고 미국의 탄생》을 원작으로 한 이 드라마는 미국인의 평균 기대 수명이 39세이던 1776년, 70세의 프랭클린이 배를 타고 프랑스에 건너가는 것으로 시작합니다.

전기 실험으로 세계적인 인플루언서가 된 프랭클린은 미국의 독립을 위해 프랑스의 경제적, 군사적 원조를 얻어 내는 비밀 임무를 부여받습니다. 드라마는 프랑스에서 귀국하는 뱃머리에 선 프랭클린을 오래 보여 주며 끝납니다.

프랭클린은 프랑스에 체류하며 1778년, 프랑스를 새로운 미국의 첫 번째 우호국으로 만든 동맹 조약을 체결합니다. 이로써 프랑스가 제공한 군사적 경제적 원조는 미국 독립 전쟁에서 미국이 영국을 이기는 데 결정적인 기여를 합니다. 1783년에는 미국이 독립을 인정받고, 영국과 평화 협정 체결을 담은 파리 조약을 체결합니다. 외교관으로서 프랭클린은 외교관에게 필요한 어떤 교육도 받지 않았고 경험도 없었습니다. 가진 것이라고는 명성과 사교성 그리고 글로 영향력을 발휘할 수 있는 글쓰기 기술뿐이었습니다.

저는 특히 〈프랭클린〉 한 에피소드의 마지막 장면을 보고 또 봤습니다. 프랭클린이 프랑스에 체류하던 초반, 반미 세력에 의해 숙소를 공격당하는데, 이때 프랭클린이 미국에서 몰래 반입한 활자 인쇄 설비가 무자비하게 파손됩니다. 프랭클린은 흩뿌려진 활자들을 주워 모아 프랑스에 함께 건너간 손자 템플에게 쥐여 줍니다. 그리고 손자에게 이게 무엇이냐고 묻습니다. 손자는 이렇게 대답했습니다.

"글자요. 단어죠."

그러자 프랭클린이 말합니다.

"힘이란다. 절대 잊지 말거라."

고향에 돌아온 프랭클린은 자신의 80년 생애를 돌아보며 친구에게 보내는 편지를 씁니다.

"만일 내가 다시 한번 살 수 있다면, 그렇게 하겠네. 다만 작가들이 책의 재판을 낼 때에 오류를 수정하여 출간하는 것처럼 나도 그럴 수 있기만을 바라네."

자신의 삶을 책에 비유한, 읽고 쓰기를 살아가는 힘의 전부라 믿은 프랭클린다운 메시지입니다.

프랭클린은 "어떤 사람들은 이미 25살에 죽어 버리는데 장례식은 75살에 치른다"라는 말도 했습니다. 그는 22살에 자신의 묘비명을 씁니다. 22살, 1728년은 그가 자신의 인쇄소를 가진 해입니다. 비문을 쓰면서 프랭클린은 자신을 책에 비유합니다.

인쇄공이었던
벤저민 프랭클린의 몸이
여기저기 찢겨 나가고
활자와 도금이 벗겨진 낡은 책의 표지처럼
벌레의 먹이가 되어 여기 누워 있다.

그러나 저작물은 사라지지 않을 것이다.

그가 믿었듯

작가의 수정과 보완을 거쳐

더욱 새롭고 멋진 모습으로

다시 한번 세상에 태어날 것이므로.

1790년, 4월. 프랭클린의 장례식 날, 미국 각지에서 해외 각국에서 방문한 2만 명이 필라델피아의 거리를 메우며 프랭클린을 애도합니다. 프랭클린이 묻힌 공원묘지 그의 묘역에는 한 줄 비문이 보입니다.

'B. 프랭클린, 프린터.'